KB113867

임영기 新무협 판타지 소설

FANTASTIC ORIENTAL HEROES

와룡봉추

와룡봉추 5

임영기 新무협 판타지 소설

초판 1쇄 찍은 날 § 2019년 4월 15일
초판 1쇄 펴낸 날 § 2019년 4월 22일

지은이 § 임영기
펴낸이 § 서경석

총괄팀장 § 최하나
편집책임 § 김경민

펴낸곳 § 도서출판 청어람
등록번호 § 제387-1999-000006호
등록일자 § 1999. 5. 31
어람번호 § 제2-2781호

주소 § 경기도 부천시 부일로 483번길 40 서경B/D 3F (우) 14640
전화 § 032-656-4452 팩스 § 032-656-4453
http://www.chungeoram.com
E-mail § chungeorambook@daum.net

ⓒ 임영기, 2019

ISBN 979-11-04-91973-2 04810
ISBN 979-11-04-91921-3 (세트)

도서출판 청어람

5

와룡봉추

임영기 新무협 판타지 소설

FANTASTIC ORIENTAL HEROES

와룡봉추

目次

第一章
구사일생

　의원의 이 층에는 여러 개의 방이 있으며 모두 병실이었다.

　광부가 칠백여 명이나 되고 흑랑곡 녹림 무리가 삼백여 명이나 되기 때문에 의원이 클 수밖에 없었다.

　화운룡과 보진은 정신을 바짝 차리고 첫 번째 병실부터 차근차근 살펴 나갔다.

　누워 있는 사람들은 대부분 외상을 입었다. 금광 안에서 일하다가 다친 것이다.

　안전장치도 제대로 되어 있지 않은 형편없는 시설의 금광에서는 하루에도 여러 명씩 다치고 있다. 어떻게 하든지 금을 많이 캐는 것이 목적이기에 광부들의 안전 따위는 애초부터 생각하지도 않았기 때문이다.

병실은 모두 다섯 개이며 네 번째 병실까지 살폈지만 주천곤은 보이지 않았다.

네 번째 병실을 나온 두 사람은 마지막 병실 앞에 섰다.

이곳 병실들은 지키는 사람이 한 명도 없어서 두 사람은 제 집인 양 돌아다닐 수 있었다.

다친 사람들이 도망치기도 어려울뿐더러 의원을 나가면 곳곳에 감시가 있는 탓에 흑랑곡에서 빠져나가는 것은 광부들 자력으로는 불가능하다.

마지막 병실 안에서는 고통이 진득하게 배어 있는 신음 소리가 끙끙거리며 흘러나오고 있었다.

이 병실은 생사를 넘나드는 심한 상처를 입은 중상자들이 있는 곳이다.

여기가 마지막 병실이라서 화운룡은 이곳에 주천곤이 있기를 간절하게 바라면서도 그가 여기에 있다면 부디 많이 다치지 않았기를 아울러 빌었다.

마지막 병실은 다른 병실들과는 달리 탕약 냄새가 더욱 짙고 매캐하게 풍겼으며 침상이 띄엄띄엄 있고 모두 여덟 명이 누워 있는데 두 명이 신음 소리를 내고 있었다.

한쪽에 네 명씩 양쪽에 누워 있으며 화운룡과 보진이 각자 한쪽을 살펴 나갔다.

환자들은 끔찍한 몰골이었다. 굴러떨어진 바위에 맞거나 높은 곳에서 떨어져서 중상을 입은 사람들이며 머리와 몸통, 팔다리의 상처에 금창약이 발라져 있고 낫지 않은 상처에서는 피고름과 함께 악취가 풍겼다.

칠두령 광간의 말에 의하면 이곳의 광부 거의 대부분이 영문도 모른 채 납치되어 끌려왔다고 했는데 만약 이들이 죽는다면 억울함을 어디에 호소할 곳도 없을 것이고 시체는 아무렇게나 버려질 것이다.

문득 화운룡은 이런 흑랑곡 같은 녹림방파는 독버섯 같은 존재이므로 없어져야 한다는 생각이 들었다.

화운룡이 보고 있는 환자들은 혼절한 상태인데 그중 한 명이 끙끙 앓는 신음 소리를 내고 있었다. 혼절했으면서도 신음 소리를 내고 있으니 얼마나 고통스러울지 그는 충분히 짐작하고도 남았다.

"으흑!"

그때 갑자기 뒤쪽에서 보진이 울음을 터뜨렸다.

화운룡이 급히 돌아보니까 보진이 맞은편 마지막 네 번째 환자 앞에서 상체를 굽히고 들여다보고 있는데 어두워서 그녀의 표정은 보이지 않았다.

"주군… 전하이십니다. 으흑흑……!"

그녀의 말이 채 끝나기도 전에 화운룡은 그쪽으로 구르듯이 달려갔다.

보진은 세 번째 환자가 누워 있는 침상 옆에 무릎을 꿇고서 환자를 만지지도 못하고 그를 바라보며 하염없이 눈물을 흘리고 있었다.

화운룡이 보니까 백발 머리카락을 산발한 채 얼굴은 거칠고 깡말라서 눈과 뺨이 움푹 들어갔고 입술이 부르튼 형편없는 몰골의 노인이 누워 있는데, 자세히 들여다보지 않고는 주천곤이라는 사실을 알아보기 어려웠다.

제대로 먹지 못한 데다 중상을 입은 탓에 본래 모습이 사라져 버린 것이다.

그는 이불이 덮여 있지 않으며 오른쪽 가슴과 어깨 부위에 넓게 금창약이 발라져 있는데, 약 냄새와 피고름 냄새가 뒤섞여서 악취를 만들어내고 있었다.

주천곤을 굽어보는 화운룡은 속에서 울컥하고 뜨거운 것이 치밀어 올랐다.

"아버님……."

대명황제의 친동생 정현왕이 이런 참혹한 몰골로 전락하다니 있을 수도, 믿을 수도 없는 일이다.

호위장령하고 도망치던 도중에 호위장령은 태사해문 고수들에게 붙잡혀서 목이 잘려 죽고 주천곤은 이 지경이 되다니,

사람의 일이란 한 치 앞도 알 수가 없었다.

화운룡은 주천곤의 몸을 조심스럽게 만지면서 가볍게 흔들었지만 깨어나지 않았다.

그때 화운룡은 옆 침상의 누군가 일어나 앉아서 이쪽을 물끄러미 쳐다보고 있는 것을 발견했다.

그쪽을 쳐다보던 화운룡은 가볍게 표정이 변했다.

"만공."

그렇다. 주천곤 옆 침상에 앉아서 그를 쳐다보고 있는 사람은 바로 만공상판이었다.

주천곤을 찾아서 돌아와 화운룡하고 담판을 짓겠다던 만공상판이 뜻밖에도 흑랑곡 의원 병실, 그것도 주천곤 옆에 누워 있었다.

조금 전에 보진이 그를 살펴봤지만 주천곤이 아니라서 그냥 지나쳤다.

만공상판을 보는 화운룡의 표정이 굳어졌다.

"네가 여기에 왜 있느냐?"

"그분이 정현왕이시오?"

화운룡의 물음에 만공상판이 되물었다.

"그렇다."

만공상판은 쓸쓸한 표정을 지었다.

"그분이 정현왕이신지 확인하고 있던 중이었소. 도영의 모습하고는 딴판이지만 어딘지 닮은 것 같아서 직접 물어보려고 했는데 도대체 깨어나지를 않아서……."

만공상판이 주천곤에 대해서 알고 있는 것은 도영에 그려진 그의 모습뿐이다.

그렇지만 지금 주천곤의 모습은 예전의 모습이 조금도 남아 있지 않았다.

그런데도 만공상판은 그를 주천곤일지도 모른다면서 확인하고 있었다는 것이다.

만공상판은 주천곤을 턱으로 가리켰다.

"나는 이 병실에 닷새 동안 있으면서 그가 깨어나도록 모든 방법을 다 써봤지만 허사였소."

만공상판은 의술이 뛰어난 편이지만 그의 실력으로도 주천곤을 깨어나게 할 수는 없었다. 그 말은 그 정도로 주천곤이 사경을 헤매고 있다는 뜻이었다.

"그분이 정현왕이라는 사실을 최종 확인 하지 못했을 뿐이지 그분을 먼저 발견한 사람은 나요."

만공상판은 자신이 다 잡아놓은 먹이를 놓쳤다는 생각에 어깃장을 부렸다.

화운룡은 군이 만공상판이 아니더라도 잠송의 보고를 받고 여기까지 와서 주천곤을 찾아낼 수 있었다.

그러나 만공상판의 정성과 끈기는 인정할 수밖에 없다. 살아 있는 주천곤을 찾았으니 이보다 다행한 일이 없으므로 화운룡은 그에게도 후한 점수를 주고 싶었다.

화운룡은 보진에게 명령했다.

"내가 아버님을 일으켜 앉힐 테니까 네가 명문혈에 진기를 주입해라."

"소용없소. 그분 깨우려고 닷새 동안 내가 무슨 짓인들 해보지 않았겠소?"

화운룡은 만공상판의 말을 귓등으로 흘리고 조심스럽게 주천곤을 일으켜 앉힌 다음, 그가 쓰러지지 않도록 양쪽 어깨를 잡았다.

슥—

"손을 놓으셔도 됩니다."

보진이 오른 손바닥을 주천곤의 등 뒤 명문혈에 밀착시키고 진기를 주입하면서 말했다.

화운룡은 두 손을 놓고 주천곤의 머리와 목, 상체의 열두 개 혈도를 능숙한 솜씨로 눌렀다.

파파파팟.

만공상판은 눈을 크게 뜨고는 화운룡이 어떤 혈도를 누르는지 놓치지 않으려고 했지만 마지막 순간에 세 개의 혈도를 놓치고 말았다.

그는 화운룡이 누른 혈도가 주천곤을 깨어나게 하는 의술

일 것이라고 직감한 것이다.

과연 팔분각(八分刻: 일각의 팔분의 일)의 시간이 흐르자 거짓말처럼 주천곤이 천천히 눈을 떴다.

"음……."

만공상판은 놀라는 표정으로 화운룡을 쳐다보았다. 의술에 일가견이 있는 그가 별별 방법을 다 써도 주천곤을 깨우지 못했는데 화운룡은 간단하게 그를 깨웠으니 경악과 감탄을 금할 수가 없었다.

이런 일들이 자꾸 쌓이면서 만공상판은 화운룡에 대한 신비함과 경외심이 한정 없이 높고 깊어지기만 했다.

주천곤은 나직하고 무거운 신음을 흘리면서 눈을 떴지만 실내가 워낙 컴컴한 탓에 바로 앞에 있는 화운룡을 알아보지 못하고 눈을 껌뻑거렸다.

"아버님."

"……."

귀에 익은 목소리에 주천곤은 흠칫했다.

"소자 운룡입니다."

"아……."

주천곤은 침상 바닥에 무릎을 꿇고 주천곤의 눈높이에 맞춘 화운룡의 얼굴을 발견하고 얼굴이 크게 흔들리면서 낮은 탄성을 토해냈다.

"운룡… 자네가 왔구나……."

의술이 타의 추종을 불허할 지경에 이른 화운룡이 재생의 혈맥을 짚어서 보진이 주입하는 진기가 주천곤의 체내에서 활기를 일깨워 준 덕분에 그는 기사회생했다. 그는 앞으로 반시진 동안은 깨어 있을 것이다.

화운룡은 몹시 죄스러운 표정을 지었다.

"소자가 너무 늦게 왔습니다. 아버님께 이런 고초를 겪게 해 드리다니……."

주천곤의 움푹 꺼진 눈에 온화함이, 메말라 부르튼 입가에 부드러운 미소가 떠올랐다.

"고맙다……."

비록 짧은 말이지만 '고맙다'는 그의 한마디에는 많은 의미가 담겨 있었다.

화운룡은 주천곤에게 등을 내밀었다.

"제가 모시겠습니다."

화운룡은 업은 주천곤이 여자를 업은 것처럼 너무 가벼워서 또 한 번 가슴이 아팠다.

입구로 향하는 화운룡을 만공상판이 따라왔다.

"나는 상공을 따라가겠소."

화운룡은 고개를 끄떡였다.

"뜻대로 해라."

그는 의원을 나서면서 만공상판에게 말했다.

"그 전에 네가 할 일이 있다."

"말하시오."

그는 곡구 쪽으로 걸어가며 짧게 명령했다.

"흑랑곡을 해체해라."

만공상판은 흐릿한 미소를 지었다.

"바라던 바요."

화운룡이 탕산 동쪽의 마을 신풍촌에 이르렀을 때에는 날이 환하게 밝았다.

그는 신풍촌의 객점에 들어가서 주천곤에게 입힐 새 옷을 사 오라고 보진에게 지시한 후에 그를 침상에 눕히고 상처를 살펴보았다.

주천곤은 업고 오는 동안 다시 혼절한 상태다.

그의 상처는 생각보다 훨씬 심했다. 처음에 입은 상처는 심하지 않았으나 치료를 제대로 하지 않아서 덧났으며 부러진 뼈가 장기와 내장을 오랫동안 찌르고 있었던 탓에 여러 부작용들이 일어난 상황이었다.

현재 상태로는 화운룡으로서도 주천곤을 살릴 수 있을지 확신이 서지 않았다. 그 정도로 주천곤의 상태는 심각했다.

주천곤에게 보진이 사온 새 옷을 입히고 객점을 나와 신풍 포구로 향했다.

신풍촌에서 줄곧 기다리고 있던 잠송은 화운룡 일행이 도착하자마자 강 건너에 전서구를 띄워서 배를 보내라고 알렸다.

장하문은 당평원과 태사해문 고수들이 장강을 건너지 못하게 하려고 신풍 포구의 배들도 싹 치워 버렸다.

잠송의 말에 의하면, 원래 예정대로 어제 이른 오후 대항 포구에 도착한 태사해문의 당평원과 고수들은 자신들이 타고 강을 건널 배가 없을 뿐만 아니라, 포구에 단 한 척의 배도 없다는 사실을 알고는 백방으로 배를 구하러 이리저리 뛰어다니고 있는 중이라고 한다.

그렇지만 장하문이 미리 대항 포구 인근 배들의 씨를 말려 놨기 때문에 당평원 등은 배를 구하지 못하고 발이 묶여야만 했다.

화운룡과 주천곤이 탄 마차를 잠송이 몰고 보진은 말을 타고 호위하면서 신풍 포구에 당도했다.

단 한 척의 배도 없는 포구에 보진, 잠송이 서서 강을 바라보며 배가 오기를 기다리고 있었다.

화운룡은 마차 안에서 창을 열고 밖을 내다보았다.

보진이 말 옆에 서 있는 것과 그 너머로 바다처럼 드넓은 장강이 보였다.

보진은 화운룡을 보며 공손히 말했다.

"배가 오고 있습니다. 일각 후에는 도착할 것 같습니다."

강에는 배들이 여기저기 떠 있는데 그들 중에 이곳을 향해 다가오는 배 한 척이 까마득하게 보였다.

보진이 창으로 다가왔다.

"따로 분부하실 일이 있습니까?"

이제 보니까 남장을 하고 있는 보진의 모습이 헝클어지고 까칠하기 짝이 없다.

비뚤어진 문사건 사이로 삐죽삐죽 머리카락이 새어 나왔으며 옷에는 더럽게 얼룩이 잔뜩 묻었다.

그보다는 얼마나 신경을 많이 썼는지 하룻밤 사이에 얼굴이 반쪽이 돼버린 것 같았다.

화운룡은 문득 보진이 고마우면서도 안됐다는 생각이 들어서 손을 내밀어 뺨을 쓰다듬었다.

"애썼다."

"아⋯⋯."

보진은 눈을 커다랗게 뜨고 몸이 단단하게 굳었다. 뿐만 아니라 얼굴이 노을처럼 붉어졌다.

그렇지만 그녀가 해를 등지고 있었으므로 화운룡의 눈에는 그녀가 그저 검게만 보일 뿐이다.

화운룡은 그저 안쓰러워서 한 행동이고 보진도 그걸 알지만 받아들이는 마음은 그렇지가 않았다.

*   *   *

배가 도착하자, 잠송이 배로 옮겨 싣기 위해서 마차를 몰았다.

그사이에 화운룡은 마차에서 내려 강바람을 쐬며 그 광경을 지켜보았다.

우두두두!

그때 포구 바깥쪽에서 요란한 말발굽 소리가 들려와서 화운룡과 보진은 급히 돌아보았다.

한 무리의 천하무림인들이 말을 타고 이쪽으로 질풍처럼 달려오고 있는 것이 보였다.

화운룡은 달려오고 있는 마상의 무리들이 지난번 당한지가 이끌고 온 태사해문 고수들과 같은 복장을 하고 있는 것을 발견하고 미간을 좁혔다.

'태사해문이로군.'

태사해문의 당평원과 삼백 명의 고수는 장강을 건너지 못하게 되자 여기저기로 고수들을 보내서 배편을 알아보고 있는 중이라고 했다.

화운룡 일행이 타려는 배는 전문적으로 강을 건너는 도

선(渡船)이어서 말을 함께 실어도 한꺼번에 삼십 명 정도는 탈 수 있으므로 필시 이 배를 뺏으려고 할 것이다.

보진은 깜짝 놀라서 화운룡을 쳐다보며 급히 전음을 보냈다.

[주군, 어떻게 합니까?]

그러나 화운룡이 태연자약한 모습이어서 그녀는 자신의 경망스러움을 자책했다.

'호들갑스럽게……'

보진은 화운룡 옆에 떡 버티고 서서 달려오는 태사해문 고수들을 지켜보았다.

그녀는 무슨 일이든 백무일실인 화운룡에겐 이미 대책이 다 서 있을 것이라고 생각했다.

두두두둑!

이십여 필의 인마가 화운룡과 보진 앞에 들이닥치며 뽀얀 황진을 일으켰다.

마상의 우두머리로 보이는 자가 화운룡과 보진을 굽어보며 당당하게 외쳤다.

"우리가 저 배를 징발하겠소!"

화운룡이 예상했던 대로 배를 뺏겠다고 나왔다.

"충분한 돈을 지불할 테니 귀하들은 다른 배편을 알아보도록 하시오!"

화운룡의 대답을 듣기도 전에 고수들이 우르르 말에서 뛰어내려 배로 달려갔다. 배를 장악하려는 것이다.

그들은 화운룡이 누구인지는 관심이 없는 것 같았다.

현재로썬 주천곤이 타고 있는 마차가 이미 배에 실렸으므로 어쩔 도리가 없었다.

화운룡은 우두머리에게 말했다.

"우린 마차에 급한 환자가 타고 있으므로 무조건 이 배를 타고 건너가야 하오. 일단 강을 건너기만 하면 배를 줄 테니까 그때는 마음대로 하시오."

우두머리, 즉 단주는 배와 화운룡을 번갈아 쳐다보더니 고개를 끄떡였다.

"그럽시다."

배를 확보했으므로 당평원과 다른 고수들에게 이곳 신풍포구로 오라고 전갈을 보내야 하고, 그들이 올 시간에 강을 건너갔다가 돌아오면 될 것이라고 생각했다.

단주는 고수 한 명을 무리에게 보내고 나서 고수들을 지휘하여 일사불란하게 말을 끌고 배에 올랐다.

그때 저쪽에서 만공상판이 나는 듯이 달려오다가 배가 떠나려는 것을 보더니 경공을 거두고는 큰 소리로 외쳤다.

"주인님!"

화운룡은 만공상판을 쳐다보는 단주에게 말했다.

"내 종이오."

화운룡의 말을 들은 만공상판은 경공이 아닌 두 다리로 헐 떡거리면서 달려와 간신히 배에 올랐다.

한낱 종이 굉장한 경공을 펼친다면 태사해문 고수들이 이 상하게 생각할 것이다.

"헉헉헉… 주인님께서 시키신 일을 다 처리했습니다요……."

흑랑곡을 해체하라는 화운룡의 명령을 실행했다는 뜻이 다.

화운룡이 흑랑곡을 출발하여 신풍촌에 도착해서 객점에 들러 주천곤을 잠시 돌보고는 포구에 나와 지금까지 두 시진 남짓이 흘렀는데, 그사이에 만공상판은 흑랑곡을 해체하고 왔 다는 것이다.

만공상판이 오래지 않아 뻔히 드러날 거짓말을 하지는 않 을 것이다.

또한 그의 성품이라면 흑랑곡의 녹림 무리 삼백여 명을 깡 그리 죽이고 붙잡혀 있던 칠백여 명의 광부를 죄다 풀어주었 을 것이 분명했다.

만공상판은 천하무림에서 매우 유명하지만 이곳에 있는 태 사해문 고수들은 그를 알아보지 못했다.

구우우…….

배가 강 중간 지점에 이르렀다.

도선은 다른 배에 비해서 비교가 안 될 정도로 널찍하기 때문에 화운룡과 태사해문 고수들, 그리고 말 이십 필이 타도 자리가 넉넉했다.

마차와 화운룡 등은 한쪽에 모여 있으며 태사해문 고수들이 도선의 대부분을 차지한 채 여기저기 앉아서 휴식을 취하고 있다.

화운룡은 잠송의 팔을 잡고 자신 쪽으로 끌면서 보진과 만공상판에게 가볍게 고개를 끄떡였다.

태사해문 고수들을 처치하라는 무언의 명령을 받은 보진과 만공상판은 곧장 그들에게 걸어갔다.

당연한 얘기지만 화운룡은 처음부터 이 배를 태사해문 고수들에게 넘겨줄 생각이 없었다.

당평원과 태사해문 고수들이 언젠가는 강을 건너서 동태하의 비룡은월문에 오기는 하겠지만 될 수 있는 한 도착 시기를 늦추는 것이 좋았다.

만공상판은 백무신 중에 한 명이라서 태사해문의 일급검수 이십 명 정도는 한참 눈 아래로 여기지만 보진은 바짝 긴장하는 기색이 역력했다.

보진은 생사현관이 타통되어 공력이 백 년 가까이 급증한 지가 며칠 지나지 않은 탓에 자신의 무공이 높아졌다는 실감을 제대로 느끼지 못하고 있었다.

강폭이 워낙 넓어서 도강하는 데 족히 반시진 이상 걸리기 때문에 태사해문 고수들은 화운룡 일행의 반대편에 아예 자리를 잡고 앉아서 휴식을 취하고 있는 중이었다.

그들은 화운룡 일행에 대해서는 단 일 푼도 경계를 하지 않고 있었다.

글밖에 모를 것 같은 서생과 말간 얼굴의 소년, 아까 포구에서 봤듯이 짧은 거리를 뛰기만 해도 숨이 차서 헐떡거리는 초로의 중년인, 그리고 검을 장식용으로 지니고 있는 것 같은 예쁘장한 미모의 젊은 여자의 조합은 싸움하고는 거리가 멀어 보였다.

뱃전에 기대어 앉아 있는 태사해문 고수들 중에 한 명이 자신들을 향해 걸어오는 보진과 만공상판을 보면서 대수롭지 않게 물었다.

"무슨 일이오?"

만공상판은 태사해문 고수들 다섯 걸음 앞에 멈춰서 강을 가리키며 기분 나쁜 표정을 지었다.

"너희들, 내가 손을 쓰기 전에 자진해서 강으로 뛰어드는 것이 어떻겠느냐?"

태사해문 고수들은 모두 만공상판의 말을 들었지만 그가 우스갯소리를 하는 줄 알고 미소를 지을 뿐이다. 그중에 한 명이 농담으로 맞장구를 쳤다.

"날이 매우 더운데 당신이 먼저 강에 뛰어드는 건 어떻소? 하하하!"

만공상판은 오른손을 내밀면서 호통을 쳤다.

"이놈아, 어른이 말하면 들어야지!"

쉬이잉!

순간 그의 오른손 장심에서 거센 장풍이 뿜어졌다.

방금 말한 태사해문 고수는 움찔 놀라며 다급하게 손을 어깨의 검으로 가져갔다.

퍽!

"크악!"

그러나 그가 다음 동작을 취할 겨를도 없이 장풍이 그의 가슴에 적중했다.

단지 그것만으로 그는 갈비뼈와 장기들이 완전히 박살 나서 즉사하고 말았다.

차앙!

그 순간 보진이 검을 뽑는 것과 동시에 태사해문 고수들을 공격했고 만공상판은 자신의 성명무기인 만공산자를 꺼내 닥치는 대로 휘둘렀다.

쐐애액!

피피이잉!

"흐악!"

"크윽!"

태사해문 고수들은 앉아 있다가 일어서는 도중 보진과 만공상판의 공격에 일곱 명이 한꺼번에 거꾸러졌다.

보진의 검에 세 명이 급소를 찔리고, 만공상판이 휘두른 만공산자에서 쏘아 나간 네 개의 주판알이 네 명의 미간을 정확하게 적중시켰다.

갑자기 급습을 당한 태사해문 고수들이 일어나서 검을 뽑을 때 보진과 만공상판의 두 번째 공격이 이어졌고 그것으로 다시 여섯 명이 죽었다.

"이놈들! 너희는 누구냐?"

단주가 놀라고 분노하여 고함을 쳤으나 보진의 검이 대답을 대신했다.

파악!

"끅!"

보진의 검이 단주의 목을 자르는 것을 끝으로 태사해문 고수 정확하게 십구 명이 모두 죽었다.

"하아아… 하아……."

보진은 가쁜 숨을 몰아쉬었다. 힘들어서 숨이 찬 것이 아니라 자신의 실력이 상상했던 것 이상으로 증진된 것 때문에 놀랐다.

만공상판이 죽은 시체들을 강에 던지고 있을 때 보진은 놀라움을 감추지 못한 표정으로 저만치에 서 있는 화운룡을 바라보았다.

화운룡이 미소를 지으면서 고개를 끄떡이자 보진은 새삼 그가 베푼 은혜가 너무도 고마웠다.

그녀는 방금 전에 여덟 명을 죽였다. 예전이었다면 죽은 태사해문 고수들과 비슷한 수준이었거나 반 수 정도 고강했을 것이고 싸움은 아직도 끝나지 않았을 것이다.

시체들을 강에 다 던진 만공상판이 보진을 보며 뜻밖이라는 표정을 지었다.

"낭자가 절정고수 수준이라니 놀랍군."

보진은 대꾸하지 않고 슬쩍 턱을 치켜들며 도도한 표정을 지었으나 내심 뿌듯했다.

*　　　　　*　　　　　*

으리으리한 대전의 계단 아래에 똑같은 복장을 하고 있는 열 명이 한 줄로 나란히 부복하여 이마를 단단한 청옥석 바닥에 대고 있다.

"너희의 임무가 막중함을 잊어서는 안 된다."

돌계단 위 붉은색의 커다란 태사의에 앉은 여자가 나직하지만 낭랑한 목소리로 말했다.

부복한 열 명 중에서 맨 오른쪽의 인물이 이마를 바닥에 댄 채 더없이 공손하게 말했다.

"명심하겠습니다, 여황 폐하."

태사의에 앉아 있는 여자는 이십 세 남짓으로 보였고 일신에는 은은한 연분홍의 비단옷과 긴 치마를 입었으며 머리를 우아하게 틀어 올린 모습이었다.

그녀 여황이라고 불린 여자는 핏물을 바른 것처럼 새빨간 입술을 나풀거렸다.

"너희가 완수할 임무들 중에서 특히 중요한 것은 솔천사의 제자를 찾는 일이다."

인간 세상의 여자라고는 여겨지지 않을 정도로 우아하고 아름다운 여황은 희고 긴 손가락 하나를 세웠다.

"거듭 말하거니와 그의 별호는 십절무황이다. 그것은 앞으로 오십 년 후에 그에게 붙여질 별호다."

넓은 대전의 양쪽에는 백여 명의 인물이 미동도 하지 않고 늘어서 있었다.

"무슨 일이 있어도 반드시 십절무황을 찾아내서 죽여야 한다."

여황은 '장차 천하무림을 일통하게 될 그를 죽여야지만 천상성계와의 전쟁에서 승리할 수 있다'는 말은 입 밖에 내지 않았다.

　존동오왕(尊東五王)과 존북오왕(尊北五王) 합쳐서 십존왕(十尊王)이라고 불리는 열 명은 더욱 납작하게 엎드렸고 그중 우두머리인 일존왕(一尊王)이 대답했다.

　"명을 받듭니다."

　여황은 추수(秋水)처럼 맑고 큰 눈을 들어 대전의 천장을 바라보았다.

　"그 일이 선행되어야지만 천하대계가 개시될 것이다."

＊　　　＊　　　＊

　장하문은 비룡은월문 용황락 여덟 채의 전각 중에서 인공 연못 한복판에 있는 오 층 누각 옥봉루(玉鳳樓)에 있었다.

　이 누각은 옥봉의 이름을 땄다.

　옥봉루는 표면적으로는 오 층이지만 사실은 수면 아래로 삼 층이 더 있어서 도합 팔 층이다. 이것은 비밀이라서 비룡은월문 내에서 몇 명만이 알고 있었다.

　장하문과 옥봉, 사유란은 옥봉루 지하 삼 층에 모여서 한쪽의 열려 있는 문을 주시하고 있었다.

　이곳은 옥봉루가 있는 인공 호수의 물밑 바닥보다 십여 장이나 지하이며 장하문 등이 서 있는 곳에서 두 자쯤 아래에

물이 찰랑거리면서 차 있었다.

커다랗고 장방형의 둥근 물통 같은 구조의 인공 수조이며, 양쪽의 폭이 무려 십오 장이나 되니까 물통치고는 어마어마한 크기였다.

장하문 등의 시선은 인공 수조의 한쪽에 활짝 열려 있는 문에 고정되어 있었다.

그리고 문 안쪽 컴컴한 곳으로는 지하 수로가 길게 뻗어 있고 수로의 벽에는 드문드문 유등이 걸려서 흐릿한 빛을 뿌리고 있었다.

수로의 폭은 이 장 정도여서 웬만한 작은 배는 충분히 통행이 가능하며, 수로의 한쪽 면 수면에서 석 자 높이 벽 아래에는 반 장 폭의 길이 있어서 걸어 다닐 수도 있는 구조다.

또한 그곳 통행로는 장하문 등이 서 있는 곳과 계단으로 연결되어 있었다.

이 수로는 비룡은월문의 용황락 내의 옥봉루 지하 수조에서 동태하 하류 쪽으로 오 리쯤 떨어진 강가의 어느 장원 안까지 줄곧 지하로 이어져 있다.

여덟 달 전 백암도에 비룡은월문이 지어지기 시작할 때 동태하 하류 오 리 거리에 있는 강가의 장원도 동시에 공사가 시작됐다.

장원은 원래부터 그 자리에 있었지만 그 안에서 은밀하게 비밀스러운 공사, 즉 지하 깊은 곳에서 비룡은월문으로 이어지는 지하 수로가 뚫어지고 있었던 것이다.

이 지하 수로는 만약을 위해서 화운룡이 직접 설계하여 장하문에게 지시했다.

끼이이… 끼이…….

그때 수로 저 안쪽에서 무슨 소리가 조그맣게 들려왔다. 노 젓는 소리였다. 배가 오고 있는 것이다.

"오십니다."

장하문이 기쁜 표정으로 그런 말을 하기 전에 노 젓는 소리를 들은 옥봉과 사유란의 얼굴에는 초조함과 기대가 가득 떠올라 뚫어지게 수로를 주시했다.

지금 저 수로 안에서 오고 있는 배는 오 리 떨어진 항아장(嫦娥莊)에서부터 줄곧 지하 수로를 따라서 오고 있었다.

비룡은월문 성문은 봉쇄되어 있는 상황이라서 장하문이 가칭 '옥봉수로'라고 이름을 붙인 이곳을 이용하고 있다.

장하문은 수로 안으로 달려가고 싶지만 옥봉과 사유란이 있어서 그러지 못했다.

그로부터 약 반각의 시간이 흐르면서 노 젓는 소리가 점점 가까워지더니 마침내 작은 배 한 척의 모습이 수로 출구에 나타났다.

노 젓기가 멈추고 수로 입구에 서 있던 창천이 한 척의 작은 배에 연결된 밧줄을 잡고 수조로 끌고 나왔다.

스르르…….

배의 선수에는 화운룡이 우뚝 서 있으며 주천곤을 업고 있는데 뒤에는 보진과 만공상판이 나란히 서 있었다.

"용공!"

"용청!"

화운룡을 발견하자 옥봉과 사유란이 동시에 반갑게 외치며 그에게 가까이 다가갔다.

그녀들은 화운룡이 주천곤을 구해오는 것을 간절하게 원했었지만 그보다는 화운룡이 아무 탈 없이 무사히 돌아오기를 더욱 빌었다.

배가 장하문과 옥봉 등이 서 있는 곳 아래에 이르자 화운룡은 계단을 밟으며 위로 올라갔다.

"무사하셨군요……!"

"용청! 어디 다친 데 없어?"

옥봉과 사유란이 화운룡에게 달려들어 안겼다.

"저는 괜찮습니다."

옥봉과 사유란은 화운룡이 업고 있는 주천곤을 살펴보다가 참담한 표정을 지었다.

"용청, 전하께서 어떻게 되신 거야?"

"중상을 입으셔서 위험한 상황입니다."

"아아… 어쩌면 좋아."

화운룡은 앞서 성큼성큼 걸어갔다.

"아버님 치료가 급하니까 서두릅시다."

장하문이 앞서고 옥봉과 사유란, 보진, 창천 등이 우르르 그 뒤를 따르는데 만공상판은 쭈뼛거렸다.

걸어가던 보진이 만공상판을 돌아보며 말했다.

"당신도 따라오시오."

화운룡이 여기까지 데리고 왔으면 그를 받아들인다는 뜻으로 해석한 것이다.

第二章
빗나가는 운명

　화운룡은 주천곤을 치료하러 방에 들어간 지 세 시진이 지나서야 몹시 지친 모습으로 나왔다.

　술시(밤 8시경)가 넘었지만 다들 저녁 식사도 하지 않은 채 화운룡을 기다리고 있었다.

　실내에 있던 옥봉과 사유란, 장하문, 보진, 창천은 초조한 표정으로 화운룡을 바라보았다.

　화운룡은 진지한 표정을 지었다.

　"내가 할 수 있는 것은 다 했으니까 이제 하늘에 맡기는 수밖에 없어."

그만큼 주천곤의 상태는 위중했다.

사유란이 화운룡의 손을 잡고 쓰다듬었다.

"애썼어, 용청."

그녀는 주천곤이 누워 있는 방을 쳐다보았다.

"들어가 봐도 될까?"

"그러서도 됩니다만 아버님을 만지진 마십시오."

사유란은 겁먹은 표정이다.

"전하께선 아직 혼절해 계시는 거지?"

"네."

화운룡은 옥봉과 사유란, 창천이 방으로 들어가는 것을 씁쓸한 표정으로 지켜보았다.

잠시 후에 방 안에서 옥봉과 사유란의 흐느껴 우는 소리가 새어 나왔다.

시체나 다름없이 참담한 모습으로 누워 있는 주천곤을 보고 슬픔이 복받쳤을 것이다.

늦은 저녁 식사 후에 화운룡과 장하문, 보진이 회의실 탁자에 둘러앉았다.

옥봉과 사유란, 창천은 주천곤의 침실을 지키고 있었다.

"주군께서 본 문을 떠나신 직후 상단의 배들을 내보낸 후에 성문을 닫고 수성에 들어갔습니다."

비룡은월문이 수성을 하는 것과는 상관없이 해룡상단은 계속 운영을 해야 하므로 상단 소속의 상선들을 내보내서 각자 할 일을 하도록 한 것이다.

태사해문이 비룡은월문을 손에 넣으려는 것이지 해룡상단에게 몹쓸 짓을 하지는 않을 것이라는 생각이다.

만약 그런 일이 벌어진다면 태사해문은 천하의 손가락질을 받게 될 터였다.

"당평원이 이끄는 삼백 고수가 쳐들어와도 걱정할 것 없을 듯합니다."

장하문이 말하고 있는데 문이 열리고 도도와 소랑이 간단한 요리와 술을 갖고 들어와 탁자에 차렸다.

어느 누구도 그녀들에게 술상을 봐 오라고 시키지 않았지만 도도가 알아서 차려온 것이다.

화운룡의 몸종이었던 도도가 지금은 팔룡위의 높은 신분이 됐지만 소랑하고는 친하게 지내고 있었다.

진검문 소문주 시절의 도도였다면 소랑하고 친하게 지내기는커녕 그녀가 자신을 쳐다보기만 해도 눈알을 뽑아버리겠다고 날뛰었을 것이다.

하지만 화운룡의 몸종 생활을 하면서 새사람이 된 도도는 예전의 못된 성격은 뿌리째 뽑아서 내버렸다.

상을 다 차린 후에 소랑은 밖으로 나갔지만 도도는 화운룡

옆에 서서 그에게 술을 따르고 요리를 집어서 앞에 놔주는 등 시중을 들었다.

누가 도도에게 이곳에 있으라고 말하지 않았는데도 그녀는 은근슬쩍 남아서 화운룡의 몸종처럼 굴고 있었다.

그렇지만 자주 있는 일이고 다들 도도를 남처럼 여기지 않아서 아무도 신경 쓰지 않았다.

장하문이 공손하게 물었다.

"태사해문이 공격하면 우리도 반격해야겠지요?"

화운룡은 다른 생각을 하고 있다가 고개를 끄떡였다.

"그러게."

"회천탄 공격만 할 계획입니다."

화운룡은 생각하고 있던 얘기를 꺼냈다.

"나는 아버님과 어머님께서 남은 여생을 편안하게 보내시기를 원하네."

장하문과 보진은 그 의견에 수긍한다는 표정을 지었다.

"아버님의 의견은 다를 수도 있겠지만 내가 권하면 따르실 거라고 생각하네."

화운룡은 천하무림의 제패나 권력, 명예 같은 것에 일체 욕심이 없기 때문에 자신과 가족들이 어느 누구의 간섭이나 해코지도 받지 않고 평화롭게 살기를 원한다.

자신이 그렇게 결심했기 때문에 가족이나 주천곤 등도 모두 따라야 한다는 강압적인 생각이 아니라 모두들 자신과 비슷한 생각을 하고 있을 것이라고 짐작했다.

주천곤은 당금 황제가 붕어하고 광덕왕이 황위에 오르려고 한다면 광덕왕보다는 자신이 황제가 되고 싶다는 생각을 화운룡에게 내비친 적이 있었다.

그렇지만 그것은 어디까지나 '광덕왕이 황제가 되려고 한다면'이라는 전제하에서의 의견이었다.

그러니까 광덕왕이 황제가 되어 천하의 백성들을 도탄에 빠지게 하는 걸 지켜보느니 차라리 내가 황제가 되는 편이 낫겠다는 뜻이었다.

문제는 광덕왕이다. 그를 이대로 내버려 둔다면 머지않아서 당금 황제를 독살할 것이고 자연스럽게 다음 대 황제에 오르게 될 것이다.

또한 그가 황제가 되면 황제 자리를 지키기 위해서 친형제들을 처참하게 죽이는, 이른바 자두연기(煮豆燃其)의 비극이 벌어질 것이다.

주천곤이 어디에 숨더라도 끝까지 추적해서 죽이려고 할 것이며, 주천곤의 가족은 물론이고 구족을 멸문시킬 것이고, 그의 사위가 되려고 했던 화운룡을 비롯한 가족들도 결코 살아남지 못할 것이다.

장하문은 심각한 얼굴을 했다.

"그렇지만 광덕왕이 절대로 정현왕 전하를 포기하지 않을 겁니다."

"그렇겠지."

장하문은 화운룡의 표정을 살피며 조심스럽게 말했다.

"광덕왕이 황제가 되면 우리는 이 땅에서 살 수 없게 됩니다. 태사해문이나 통천방이 문제가 아닙니다."

이것은 화운룡이 앞으로 육십사 년 동안의 미래를 알고 있는 것하고는 다른 문제다.

그가 알고 있는 미래는 그가 천하무림을 제패하고 무황성의 성주인 십절무황이 되어가는 과정이었다.

그렇지만 지금처럼 천하무림 제패를 포기하고 전혀 다른 삶을 살려고 할 때의 미래에 대해서는 거의 알고 있지 못하다. 이것은 새로 부딪쳐서 살아가야 할 낯선 미래다.

"그렇다고 광덕왕과 협상을 할 수도 없습니다. 그는 우리 말을 들으려고 하지도 않을 겁니다."

화운룡은 생각난 듯 보진에게 물었다.

"만공은 어디에 있느냐?"

"객사에 있습니다."

객사라면 다른 전각이다.

"도도야, 만공을 불러오너라."

도도는 발딱 일어나서 화살처럼 밖으로 달려 나갔다.

이제나저제나 화운룡이 부르기만을 기다리며 조바심을 내고 있던 만공상판은 경공이 자신보다 느린 도도의 팔을 잡고 끌다시피 화운룡이 있는 곳으로 달려왔다.

"너, 내게 묻고 싶은 것이 있다고 했느냐?"

"그렇소."

화운룡은 탁자 옆에 서 있는 만공상판에게 앉으라고 하지도 않고 말했다.

"물어라."

만공상판은 긴장하는 표정을 지었다.

"당신은 청룡전광검을 어디에서 배웠소?"

"사부님께 배웠다."

실내에 장하문과 보진, 도도가 있지만 화운룡은 개의치 않고 대답했다.

만공상판은 그럴 리가 없다는 표정을 지었다.

"당신 사부가 누구요?"

여기에 있는 사람들은 화운룡의 사부가 누군지 아무도 모르고 있다. 장하문 역시 그걸 물은 적이 없었다.

그렇지만 만공상판은 청룡전광검과 그것이 누구의 성명절학인지에 대해서 알고 있는 것 같았다.

청룡전광검을 알아보는 사람은 극소수인데 그런 점에서 과연 만공상판은 대단한 인물이다.

"솔천사(率天師)이시다."

"어……."

만공상판은 심장에 비수가 꽂힌 것 같은 표정을 지었다. 그의 얼굴에 그럴 리가 없다는 표정이 새겨졌다.

"그… 그분이… 아직 살아 계시다는 말이오?"

화운룡은 진중한 표정을 지었다.

"돌아가셨다."

장하문은 '솔천사'라는 별호와 이름을 들어본 적이 없기에 자신이 아직 많이 부족함을 깨달았다. 그는 의아한 표정으로 두 사람의 대화를 들었다.

만공상판의 눈빛이 날카로워졌다.

"언제 돌아가셨소?"

화운룡은 씁쓸한 표정을 지었다.

"삼십 년쯤 됐을 것이다."

"음……."

만공상판은 신음 소리를 내더니 잠시 후에 물었다.

"그분이 왜 죽었는지 아시오?"

"안다."

"말해주겠소?"

화운룡은 슬쩍 미간을 좁혔다.

"너는 이미 많은 것을 물었다. 나에 대해서 궁금했다면 그 정도로 충분하지 않으냐?"

만공상판은 물러서지 않았다.

"당신이 솔천사의 제자라는 사실을 증명해 보시오. 그가 어떻게 죽었는지 말한다면 믿겠소."

화운룡은 사부 솔천사에 대한 사실은 금기이므로 되도록 말을 아끼려고 한다.

그런데 만공상판이 솔천사를 알고 있다는 것은 예상하지 못한 일이었다.

하긴 그는 화운룡이 청룡전광검을 전개하는 것을 알아보았으므로 솔천사를 안다고 해도 무리는 아니다.

지금부터 화운룡이 무슨 말을 하더라도 솔천사에 대한 비밀을 말해야만 한다.

그런데 도대체 만공상판이 솔천사를 어떻게 알고 있으며 어디까지 아는지 궁금했다.

"부디 말해주시오."

만공상판은 간절한 표정을 지었다.

화운룡은 잠시 침묵을 지키면서 술을 마셨다. 도도가 술을 따르자 한 잔 더 마시고 나서 조용한 목소리로 말했다.

"십존왕에게 당하셨다."

"아……."

만공상판은 조금 전에 심장에 찔린 비수가 더욱 깊이 박히는 표정을 지으며 자지러졌다.

그는 얼굴에 떠오른 경악지색이 사라지기를 기다렸다가 꽉 잠긴 목소리로 말했다.

"그랬었군. 솔천사가 십존왕에게……."

만공상판은 솔천사가 누구에게 어떻게 죽었는지는 몰랐으나 십존왕이 누군지는 알고 있는 것 같았다.

원래 무극사신공은 인간세계의 무공이 아니었다.

천 년 전 어지러운 천하를 바로잡으려고 천상(天上)에서 지상으로 내려온 선인(仙人)이 있었으며 그 당시 사람들은 그를 무극선인(無極仙人)이라 불렀다고 한다.

그는 천하를 어지럽히는 잔인하고 사악한 마물과 요물들을 모두 격퇴한 후에 자신의 무공을 지상의 한 사람을 선택하여 가르치고는 그에게 인간세계를 지키라는 임무를 맡기고 천상으로 돌아갔다.

그 사람은 사부 무극선인의 명령을 충성스럽게 지키다가 죽기 전에 한 명의 전인을 선택하여 절학을 전했고, 그런 식으로 오로지 한 명에게만 절학을 전하는 유수일인(唯授一人)의 전통이 일곱 번 칠대(七代)까지 이어졌다.

무극선인의 칠대제자가 바로 솔천사인 것이다.

그러나 오십여 년 동안 인간세계를 수호하던 솔천사는 말년에 이르러 제자를 두기도 전에 십존왕의 합공을 받아 치명적인 중상을 입고 도주하다가 괄창산 깊은 산중의 동굴에서 마침내 숨을 거두게 되었다.

솔천사는 마지막 여력을 다해서 자신의 무공을 책자로 남기고 한 장의 장문의 유서를 적은 후에 숨을 거두었는데 그 책자에 적힌 것이 바로 무극사신공이었다.

화운룡은 솔천사를 봤지만 이미 숨을 거둔 지 오래된 유체(遺體)였으며 그가 남긴 장문의 편지를 읽었다.

무극선인의 팔대제자가 되겠다면 솔천사를 사부로 모시는 사도지례를 갖춘 후에 무극사신공을 연마하라는 유시가 있었기에 화운룡은 그대로 따랐다.

그 당시에 화운룡은 복수가 중요했기 때문에 선택의 여지가 없었다.

하지만 화운룡이 십 년 후 강호에 출도하여 가문의 복수를 마치고 천하를 주유하며 오십사 년이 흐르는 동안 사부 솔천자를 합공하여 죽음에 이르게 한 십존왕은 만나지 못했으며 그들의 흔적조차도 발견하지 못했다.

화운룡은 만공상판에게 십존왕을 어떻게 아느냐고 묻지 않았다. 그러기에는 이곳에 사람이 많기 때문이다.

또한 육십사 년 전으로 돌아온 화운룡은 엄밀히 따진다면 괄창산 암동 속의 솔천사를 아직 만나기 전이므로 그의 제자,

즉 무극선인의 팔대제자가 아니다.

말하자면 현재 그는 애매한 신분이며 처지인 것이다.

솔천사의 제자인 동시에 무극선인의 팔대제자가 아니므로 전대(前代)의 은원이나 무극선인의 명령을 이행할 수 없으며 해서도 안 되는 입장인 것이다.

그렇지만 그의 개인적인 생각으로는 할 수만 있다면 솔천사를 사부로 생각하고 그의 원수를 갚고 싶었다.

만공상판은 갑자기 옷깃을 여미고 자세를 바로 하더니 화운룡에게 공손하게 말했다.

"미천한 몸이지만 소인을 종으로 거두어주십시오."

그는 화운룡이 솔천사의 제자라는 사실을 확신하자 어떤 결심을 한 모양이다.

그의 말에 화운룡은 담담한 얼굴이지만 장하문을 비롯한 사람들은 크게 놀랐다.

만공상판이 어떤 인물인지 잘 알기에 그가 스스로 종을 자처하니까 놀랄 수밖에 없는 일이다.

화운룡은 복잡한 표정을 짓다가 조용히 말했다.

"무엇 때문에 내 종이 되려는 것이냐?"

만공상판은 머뭇거리며 주위의 눈치를 살폈으나 끝내 내심을 밝히지 않았다.

"나중에 말씀드리겠습니다."

도도까지 자리에 앉았지만 만공상판은 끝끝내 앉지 않고 서 있으며 술 한 방울 입에 대지 않았다.

종의 신분으로 주인과 같은 탁자에 앉을 수 없다는 것이며 그는 끝끝내 종의 자세를 견지했다.

하지만 화운룡은 그가 어째서 기를 쓰고 자신의 종이 되려는 것인지 이유를 알기 전에는 그를 받아들이지 싶지 않았다.

만공상판은 정현왕의 현재 처지에 대해서 대충 알고 있으므로 장하문은 그가 모르는 부분들을 설명해 주었다.

이를테면 조만간 광덕왕이 당금 황제를 독살하여 스스로 황위에 오를 것이며, 두 명의 친동생, 즉 정현왕과 문청왕을 비롯한 구족멸문할 것이라는 사실들이다.

만공상판은 눈을 크게 떴다.

"광덕왕이 당금 황제를 독살할 것이라는 예상은 주인님께서 하신 것입니까?"

"예상이 아니오."

장하문이 자르듯이 말했다. 그는 화운룡이 아직 만공상판을 종으로 받아들이지 않았다는 사실을 감지했으므로 최소한의 예의를 갖추었다.

"예상이 아니면 무엇입니까?"

"그렇게 될 것이오. 시기가 언제인가가 문제겠지만."

만공상판은 침착한 표정을 지었다.

"저에게 이런 설명을 하시는 걸 보면 광덕왕을 어떻게 할 것인지 제 의견을 들으시려는 것 같군요."

"그렇소. 당신의 식견과 인맥이 필요하오."

만공상판의 눈빛이 날카로워졌다.

"광덕왕을 암살하실 계획입니까?"

대화가 그런 흐름으로 가지 않았는데도 만공상판은 정확하게 정곡을 찔렀다.

"그렇소."

"현재 광덕왕이 황제를 독살할 것이라는 징후는 어디에도 없습니다. 그런 상황에 광덕왕을 죽이는 것은 지나친 처사인 것 같습니다."

줄곧 듣고 있던 화운룡이 조용히 입을 열었다.

"원종(元宗)."

"……"

만공상판은 움찔 놀라서 화운룡을 쳐다보았다. 화운룡이 그의 이름을 불렀기 때문이다.

'원종'이라는 만공상판의 이름을 알고 있는 사람은 천하를 통틀어서 가족밖에 없는데 화운룡이 불쑥 불렀으므로 기절초풍할 일이다.

만공상판은 아무 말도 하지 못하고 멍한 표정으로 화운룡을 쳐다보기만 했다.

화운룡이 십절무황으로서 지금부터 육십사 년을 더 살아가는 동안 만공상판을 수십 번 만나게 된다.

만공상판이 화운룡의 최측근은 아니지만 화운룡이 무적검신과 십절무황으로서 천하무림을 쟁패하는 과정에 여러 번 마주치게 됐던 것이다.

말하자면 만공상판은 화운룡에게는 계륵(鷄肋) 같은 존재였었다. 먹을 게 없지만 버리자니 아까운 그런 것이었다.

제갈량이 맹획을 일곱 번 놓아주고 일곱 번 잡아들였다는 칠종칠금(七縱七擒)처럼 만공상판도 그런 존재였다.

그 과정에 화운룡은 만공상판에 대한 비밀을 속속들이 알게 되었으며 한번 보거나 들으면 절대로 잊지 않는 기억력 덕분에 지금까지 기억하고 있는 것이다.

"나는 너의 의견을 듣자는 것이 아니다."

종 주제에 지나치게 깝죽거린다는 꾸중이다.

하지만 지금 만공상판은 그게 문제가 아니다. 화운룡이 어떻게 그의 이름을 아는지가 너무도 궁금했다.

"소인 이름을 어찌 아셨습니까?"

"네가 말해주었다."

"소인이 언제……."

만공상판이 치매가 아닌 이상 자신이 화운룡에게 이름을

말해주었다면 기억하지 못할 리가 없다.

하지만 그로서는 자신이 먼 미래에 화운룡에게 목숨을 구걸하는 과정에 눈물 콧물 흘리면서 그런 사실들을 털어놓았다는 것을 알 리가 없다.

화운룡은 만공상판을 조금 밟아놓을 필요를 느꼈다.

"네가 초홍(肖虹)에 대해서 설명할 때 말해주었다."

"으어……."

순간 만공상판의 얼굴이 사색이 되었다. 그는 몸을 후드득 떨면서 입을 벌렸는데 얼마나 놀랐는지 침이 주르르 흘러나오는 것도 몰랐다.

화운룡은 느긋하게 술잔을 들었다.

"동오(東吳)에 대해서 말해볼까?"

"주… 주인님……."

만공상판은 온몸을 부들부들 떨더니 무릎이 꺾여서 그 자리에 털썩 주저앉았다.

그의 얼굴은 마치 귀신을 본 것처럼 창백했으며 참담함으로 일그러졌다.

화운룡은 종에게 벌을 내리는 주인의 표정이며, 장하문과 보진, 도도는 놀라는 표정으로 지켜보았다.

초홍은 만공상판보다 어린 십팔 세 아내였다.

만공상판은 원래 유람을 좋아했었는데 어느 날 갑자기 집을 나가 정처 없이 천하를 떠돌다가 구화사(九華寺)라는 큰 절에 들어가 불문에 귀의하여 그때부터 무공을 배워 무림에 나갈 꿈을 키우면서 살아갔다.

그러나 구화사에서 불문무공을 배워 크게 대성한 원종은 장문인의 수제자가 된 것으로는 성이 차지 않아 칠 년 만에 천하무림에 출도하게 된다.

그러고는 천하를 종횡하면서 수많은 싸움과 경험을 쌓으며 어느덧 만공상판이라는 별호를 얻기에 이르렀다.

그러던 어느 날 그는 무작정 집을 나온 지 십삼 년 만에 집으로 가보았다.

집을 나간 지 너무 오래돼서 미안한 마음에 한껏 모습을 변장하고 근처에 숨어서 집을 훔쳐보기도 하고, 또 이웃들에게 그동안 집에 무슨 일이 있었는지 넌지시 묻기도 했다.

집에는 별다른 일이 없었다. 십삼 년 전에 남편이 가출을 했지만 며느리 초홍은 지성으로 늙은 시부모를 봉양하면서 이날까지 살아왔다고 한다.

그 집에 식구가 한 명 늘었다는데, 십삼 년 전 아들이 갑자기 집을 나간 이후 며느리가 아들을 낳았다는 것이다.

집 근처에서 얼쩡거리던 원종은 마침 밭일을 하러 나오던 초홍과 정면으로 마주쳤는데, 십삼 년이 지났고 변장을 한 원종이지만 그녀는 한눈에 그를 알아보았다.

그녀는 아들의 이름이 '동오'이며 열두 살 어린 나이지만 총명해서 공부를 매우 잘하고 또한 엄마와 조부모에게 효심이 지극하다고 말해주었다.

원종은 가슴이 쥐어짜듯이 괴롭고 또 격동하여 눈물을 보이지 않으려고 돌아섰다가 부끄러워서 그녀 얼굴을 다시 볼 수가 없어 도망치듯이 그곳을 떠났다.

뒤에서 초홍의 흐느껴 우는 소리가 들렸지만 그녀는 끝내 그를 붙잡지 않았다.

그러고는 지금 이 순간까지 원종은 두 번 다시 집 근처에는 가지 않았다.

원종이 평생 가슴에 묻고 살면서 괴로워했던 그 일을 알고 있는 사람은 그의 가족 말고는 없다.

그런데 그걸 조금 전에 화운룡이 말한 것이다.

화운룡이 어떻게 아내 이름 초홍과 원종과 초홍 사이에 낳은 아들 동오를 알고 있는 것인지 원종으로서는 아무리 생각해 봐도 모를 일이다.

"주인님……."

원종은 화운룡이 자신의 치부를 드러냈기 때문에 수치스러운 것이 아니었다.

화운룡이 어떻게 그걸 알고 있는지 머리털이 곤두설 정도로 놀라고, 아내 초홍과 아들 동오에 대한 그리움과 죄책감 때문에 원종은 눈물이 쏟아질 것만 같았다.

화운룡은 담담하게 말했다.

"광덕왕이 당금 황제를 독살할 것이라는 사실을 아직도 믿지 못하겠느냐?"

원종은 복잡한 표정으로 화운룡을 응시하다가 이윽고 무겁게 고개를 끄떡였다.

"믿습니다."

자신에 대해서 그토록 자세히 알고 있는 화운룡이라면 광덕왕에 대해서 아는 것도 보나 마나일 것이다.

"광덕왕을 죽일 수 있겠느냐?"

원종은 마음을 추스르고 나서 강하게 고개를 가로저었다.

"못 죽입니다."

"어째서?"

원종은 사람들 때문에 말을 못 한다는 듯 그들을 둘러보며 머뭇거렸다.

"말해도 괜찮다."

원종은 전 천하무림을 통틀어서 극소수만이 알고 있을 극비 사항을 이곳에서 밝혀야 한다는 사실이 못마땅한 듯한 표정이었다.

화운룡이나 장하문 정도면 들을 자격이 있지만 보진, 더구나 도도 같은 술시중이나 드는 어린 계집이 있는 곳에서는 더욱 말하고 싶지 않았다.

그가 새로 섬기게 된 주인은 그런 점에서는 원종의 마음에 들지 않았다.

그렇지만 말하지 않을 수 없는 상황이었다.

"음, 광덕왕 뒤에는 신계(神界)가 있습니다."

보진과 도도는 무슨 말인지 모르고 어리둥절했지만 화운룡과 장하문은 가볍게 안색이 변했다.

화운룡은 미간을 좁혔다.

"네가 잘못 알았다."

원종은 화운룡 정도라면 '신계'가 무슨 의미인지 알아들을 것이라고 생각했다.

그런데 화운룡은 거기에서 한 걸음 더 나아가 원종이 잘못 알았다는 것이다.

"소인이 무엇을 잘못 알았다는 말씀이십니까?"

"현세에 신계는 도래하지 않았다."

원종은 고개를 숙였다.

"외람된 말씀이지만 신계는 이미 오 년 전부터 중원에 들어와 있었습니다."

"오 년 전이라고?"

"그렇습니다."

원종이 딱 오 년 전이라고 못 박아서 말하자 화운룡은 의아한 표정을 지었다.

"네가 그것을 어떻게 아느냐?"

"개방의 장로에게 들었습니다."

"개방 장로?"

화운룡은 어이없다는 표정을 지었다.

십절무황은 천하무림을 일통했다. 그 말은 천하무림 전체가 그의 수하가 됐으며 거기에 구파일방도 속한다는 뜻이다.

구파일방에는 개방이 속해 있는데 그들이 신계가 출현했다는 사실을 무황성주인 화운룡에게 보고하지 않았다는 것은 말이 되지 않는다.

화운룡이 십절무황으로서 팔십사 세가 될 때까지 신계, 즉 삼천계의 하나인 천외신계는 천하에 나타난 적이 없었다.

그런데 화운룡이 이십 세인 지금, 신계가 오 년 전에 출현했다면 그가 십오 세 때라는 얘기다.

신계가 이미 천하에 출현했는데도 화운룡이 모르고 있었을 리가 없었다.

그때 문득 화운룡의 뇌리를 스치는 뭔가가 있다.

'설마……'

지금으로부터 육십사 년이나 더 살다가 지금 세상으로 온 그가 육십사 년 동안 중원이나 천하무림에서 일어난 일들을 모르고 있을 리가 없다.

그런데도 실제로는 그가 모르는 일이 더러 있어서 그를 어이없게 만든 적이 몇 번 있었다.

일례로 그가 살았던 천하무림에서는 춘추구패라는 것이 없었는데 현세에는 존재한다. 존재할 뿐만 아니라 그들이 천하를 좌지우지 지배하고 있었다.

또한 태극신궁과 태사해문이 합병하는 것이나 그들이 춘추십패가 되려고 하는 일 같은 것은 화운룡이 살았던 생에서는 없었던 일이다.

뿐만 아니라 그의 예전 생에서는 철사보가 해남비룡문을 멸문시켰고, 그것 때문에 화운룡의 운명이 변했는데 이번 생에서는 철사보가 일찌감치 멸문하고 난데없이 귀풍채가 해남비룡문을 공격했다.

'운명이 변하는 것인가?'

미래를 살다가 온 그가 모르고 있는 존재나 사건이 벌써 여러 번이나 현세에 나타났다.

더구나 만공상판 원종만이 아니라 개방도 알고 있는 천외신계의 출현을 화운룡이 까맣게 모르고 있다는 것은 그가 살았던 육십사 년의 생과 지금의 생이 똑같지 않다는 사실을 보여주고 있었다.

지금 화운룡이 다시 생각해 보니까 대체적으로 사람에 대한 개인적인 미래는 맞는데 덩치가 큰 조직이나 사건에 대한 것은 맞지 않는 것 같았다.

화운룡은 보진과 도도를 물러가게 하고 장하문, 원종과 탁자에 마주 앉았다.

이제부터 더 깊이 있는 대화를 나누기 위해서 보진과 도도를 내보낸 것이다.

원종은 종 주제에 주인과 마주 앉을 수 없다고 버텼지만 끝내 화운룡의 고집을 꺾지 못하고 맞은편에 앉았다. 그러나 시종일관 꼿꼿한 자세를 유지했다.

"네가 내 종이 되겠다는 이유를 말해라."

화운룡의 말에 원종은 허리와 목을 꼿꼿하게 세우고 정중하게 고개를 숙였다.

"주인님께서 사신천제(四神天帝)시라고 믿기 때문입니다."

화운룡은 고개를 끄떡였다. 그는 '사신천제'가 무엇을 뜻하는지 알고 있는 것 같았다.

"공명심 때문이냐?"

송곳처럼 예리한 질문에 만공상판은 찔끔했다. 그러나 그는 곧 진중한 표정으로 고개를 숙이며 말했다.

"속죄를 하려는 것입니다."

"초홍과 동오에게 말이냐?"

화운룡이 이렇게 말한다는 것은 비단 원종의 아내나 아들의 이름만이 아니라 원종과 초홍의 일을 속속들이 다 알고 있다는 뜻이었다.

원종은 착잡한 표정을 지었다.

"그렇습니다."

천 년 전, 극도로 어지러워진 인간세계에 내려와서 마물과 요물들을 모조리 소탕하고 돌아간 무극선인은 천상성계의 선인이었다.

그가 제거한 마물과 요물들은 삼천계의 하나인 천외신계에서 온 것들이었다.

그리고 무극선인이 지상에 남긴 제자는 천외신계를 대적하기 위해서 인간세계에 모종의 준비를 해두었는데 그것을 천중인계라고 한다.

말하자면 천상성계의 명을 받아서 천하를 수호하는 임무를 수행하고 있는 것이 천중인계인 것이다.

그리고 천중인계의 절대자를 사신천제라고 한다.

그렇지만 이런 사실들은 걸어 다니는 서고(書庫)인 장하문조차도 전혀 모르고 있었으니 얼마나 비밀스러운 일인지 짐작할 수 있을 터였다.

원종은 이마를 바닥에 댔다.

"천륜을 거스른 소인의 죄가 워낙 크기에 사신천제께서 천하만민을 구하실 때 소인이 미력이나마 보태게 된다면 속죄를

하게 되지 않을까 우둔한 머리로 생각했습니다."

탁월한 심안(審眼)을 지닌 화운룡이 봤을 때 원종은 진심을 말하고 있었다.

화운룡은 진지하게 물었다.

"너는 광덕왕 배후에 신계가 있다는 말을 개방의 누구에게 들었느냐?"

"삼 장로 죽장몽개(竹杖夢丐)입니다."

"너는 이 길로 북경으로 가서 광덕왕에 대한 모든 것을 알아내도록 해라. 그리고 몽개를 내게 보내라."

원종은 바짝 긴장했다.

"주인님께서 몽개를 아십니까?"

"안다."

이제는 화운룡이 죽장몽개를 안다고 해도 원종은 그다지 놀라지 않았다. 다만 신기할 따름이다.

"몽개에게 주인님께서 사신천제라는 사실에 대해서 말해도 괜찮습니까?"

"그러도록 해라."

원종은 화운룡이 오십 대인 자신에게 자연스럽게 하대를 하는데 그것이 몸에 밴 태도라는 사실을 감지했지만 내색하지는 않았다.

다만 화운룡이 그러는 데에는 뭔가 깊은 곡절이 있을 것이라고 나름대로 짐작할 따름이다.

죽장몽개는 워낙 술을 좋아해 언제나 취해서 꿈을 꾸는 듯한 모습이라 주위 사람들이 몽개라고 부른다.

화운룡은 몽개에 대한 작은 기억을 떠올렸다.

"내가 몽연화주(夢然花酒)를 준비하겠다고 전해라."

원종은 움찔했다.

"몽개 아우가 그 술을 압니까?"

"그리 전하면 알 것이다."

원종은 겨우 약관의 화운룡이 어떻게 개방 장로를 알고 있는지 궁금했지만 어찌 화운룡의 능력에 대한 궁금증이 그것뿐이겠는가 생각하고는 고개를 깊이 숙였다.

"그러겠습니다."

원종은 몽연화주라는 것이 화운룡과 몽개를 연결하는 고리일 것이라고 추측했다.

그렇다면 몽개를 만나면 화운룡이 누군지 알 수 있을 것이라고 생각했다.

원종은 공손히 고개를 숙였다.

"내일 아침 날이 밝는 대로 출발하겠습니다."

화운룡은 잠시 생각하다가 말했다.

"내게 연락할 때는 비응신(飛鷹信)을 이용해라."

원종은 눈을 크게 떴다.

"그것을… 어떻게 이용합니까?"

비응신은 매우 특수한 집단으로서 청부받은 서찰이나 물건을 가장 빠르고 안전하게 목적지에 전달해 주는 일을 하는데 이날까지 단 한 차례도 실패를 한 적이 없다고 한다.

비응신은 수백 년 동안 천하에서 활동하고 있지만 자신들의 오랜 고객, 즉 단골하고만 거래를 하는 탓에 신비에 가려져 있는 집단이다.

원종은 설마 화운룡이 '비응신'까지 이용할 줄은 예상하지 못했다.

"북경 만경루(萬景樓)에 가서 가접호(佳蝶狐)를 찾아 루주상사대(漏酒相思帶)라고 말해라."

'루주상사대'란 눈물로 빚은 술이 그리움을 몰고 온다는 뜻으로 하일군재래(何日君再來) '임은 언제 다시 올까'라는 옛 노래의 가사 중에 한 소절이다.

워낙 유명한 노래라서 원종은 물론이고 장하문도 알고 있었다.

원종은 화운룡에 대한 신비함과 궁금증이 먹구름처럼 피어오르는 것을 겨우 참으며 조심스럽게 물었다.

"그게 비응신에 청부하는 방법입니까?"

"네가 그리 한번 해두면 이후 수시로 비응신을 이용할 수 있을 게다."

"아……."

원종은 탄성을 터뜨리며 얼굴 가득 놀라움을 떠올렸다.

북경에서 가장 큰 주루이며 동시에 기루인 만경루를 모르는 사람은 아마 없을 것이다.

화운룡이 방금 원종더러 만나라고 한 가접호는 만경루의 루주인데 지금까지 그를 직접 봤다는 사람을 원종은 한 번도 만난 적이 없었다.

第三章
몰살 사해검문

　주천곤이 사경을 헤매고 있는 침상 옆에서 간호를 하던 사유란이 혼절하는 일이 벌어졌다.

　옥봉은 화운룡을 챙기느라 잠시 나가 있었고 두 시진마다 주천곤 방을 들여다보던 소랑이 침상 옆 바닥에 쓰러져 있는 사유란을 발견했다.

　양주에서 주천곤과 함께 도주하다가 화운룡에게 구해져서 두 번의 죽을 고비를 넘겼던 사유란은 그때 이후 남편 주천곤의 안위를 지나치게 걱정한 나머지 급속도로 심신이 쇠약해지기 시작했다.

남편을 걱정하느라 그녀는 하루에 한 끼조차 먹지 않을 때가 허다했으며 밤에는 악몽에 시달려 진땀을 흘리며 헛소리를 하기 일쑤고, 앉거나 서 있는 시간보다 침상에 누워 있는 시간이 더 많으니 아프지 않는 것이 외려 이상한 일이다.

　그나마 화운룡, 옥봉과 같은 침상에서 자는 덕분에 한두 시진이라도 눈을 붙일 수가 있었다.

　화운룡은 사유란을 그녀가 늘 자던 자신의 침실로 데려와서 눕히고 진맥을 해보았다.

　옥봉이 옆에서 초조한 표정으로 지켜보고 있다. 화운룡이 천신만고 끝에 아버지를 찾아서 업고 왔지만 생사의 기로에 처해 있는 위험한 상황이고, 극도로 쇠약해진 어머니는 이러다가 아버지보다 먼저 죽게 생겼으니 옥봉의 가슴은 갈가리 찢어질 것만 같았다.

　그렇지만 내색하지 않고 놀라운 인내심으로 꾹꾹 눌러서 참고 있는 이유는 화운룡을 힘들게 하지 않으려는 배려에서다.

　화운룡은 진맥을 하고 나서 사유란의 손목을 잡고 자신의 진기를 주입시켜 주었다.

　오늘 운공조식을 했을 때 화운룡의 공력은 이십육 년으로 조금 증진되어 있었다. 그의 공력은 며칠에 이 년씩 찔끔거리면서 회복되고 있었다.

그의 이십육 년 공력으로 진기를 주입해 봐야 큰 도움이 되지 않겠지만 그는 사유란에게 진기를 주입하는 것을 다른 사람에게 맡기고 싶지 않았다.

진기를 주입하자 사유란의 얼굴에 은은하게 화색이 돌았다.

그는 사유란에게서 손을 떼고 옥봉의 어깨를 토닥여 주면서 위로했다.

"어머님께선 깊이 잠드신 거니까 걱정하지 않아도 돼."

"고마워요, 용공."

옥봉은 무한한 감사의 눈빛으로 그를 바라보았다.

어제 많은 일들을 겪었던 화운룡은 깊은 잠에 빠졌다.

"주군."

자정이 훨씬 지난 시각에 바로 옆 침상에서 자던 보진이 장하문의 전음을 받고 일어나 급히 옷을 갈아입고는 화운룡 침상으로 다가와 조용히 그를 깨웠다.

"음……."

장하문은 화운룡의 침실에 직접 들어오지 못하고 보진을 깨운 것이다.

옥봉과 사유란에게 양어깨를 내준 채 그녀들을 양팔로 안고 자던 화운룡이 눈을 뜨자 어둠 속에서 보진이 상체를 숙여 얼굴을 가까이 하며 속삭였다.

"주군, 적들이 오고 있다는 보고입니다."

지금 시점에서 적이라면 당평원과 태사해문 고수들이다.

화운룡은 옥봉과 사유란이 깰까 봐 조심스럽게 양팔을 빼고 침상에서 내려왔다.

그가 내려서는 동안 보진은 재빨리 그의 옷과 검을 챙겨서 가져왔다.

"어디까지 왔느냐?"

화운룡이 잠옷을 벗으면서 나직한 목소리로 물었다.

"장 군사 말로는 두 시진 후에 도착할 것이랍니다."

보진은 그가 옷 입는 것을 시중들면서 대답했다.

그가 옷을 갈아입는 동안 옥봉이 일어나서 화운룡을 침실 밖까지 따라와 배웅했다.

"조심하세요."

"봉애는 어서 자."

화운룡은 부드러운 미소를 짓고 몸을 돌려 기다리고 있던 장하문, 보진과 함께 복도를 바삐 걸어갔다.

화운룡은 비룡은월문 성채 건너편 동태하 해릉 포구의 배들을 치우지는 않았다.

장하문이 장강의 대항 포구를 비롯한 인근 포구의 배들을 깡그리 치웠던 이유는 화운룡이 주천곤을 구해서 돌아오는 시간을 벌기 위해서였다.

화운룡은 비룡은월문을 떠나면서 자신이 제 시간에 돌아오지 못할 경우를 대비하여 적들을 어떻게 대처할 것인지에 대해서 장하문과 충분히 상의했다.

하지만 아무래도 장하문으로서는 화운룡이 있는 것과 없는 것에는 큰 차이가 있다.

지금은 화운룡이 비룡은월문을 굳건하게 지키고 있기 때문에 해릉 포구의 배들을 치우지 않은 것이다.

비룡은월문 육백여 명의 무사는 일찌감치 모두 깨어나서 만반의 준비를 갖추고 있다.

새롭게 재정비된 은월검대 이백오십 명과 운검대 백오십 명 도합 사백 명 전원은 성벽 위에 빙 둘러서 포진하여 회천궁에 무령강전을 먹인 채 성 밖을 겨누고 있었다.

성채 밖을 빙 둘러서 흐르고 있는 십여 장 폭의 해자 너머에서 올려다보면 그저 팔 장 높이의 까마득한 성벽만 아스라이 보일 뿐이다.

그러나 성벽 위는 마차가 다녀도 넉넉할 만큼 폭 이 장의 넓은 길이 나 있으며, 삼십 장 거리마다 아담한 망루가 지어져 있고 그곳에서 성안 아래로 내려갈 수 있는 계단이 있다.

망루 안에는 성 안팎을 향해 작은 구멍이 있어서 그곳으로 내다보며 감시를 할 수 있고, 십여 명이 대기하면서 휴식을 취할 수 있는 충분한 공간이 마련되어 있었다.

또한 성안 요소요소에는 진검대와 해룡검대가 대기 중이다.

그리고 비룡검대는 장하문을 따르면서 언제 어떤 싸움이라도 투입할 수 있는 준비를 갖추고 있었다.

"왔습니다."

성문 위에 서 있는 화운룡 옆에서 보진이 조용히 말했다.

"동태하를 건넌 적들이 백웅 포구 왼쪽에서 배에서 내려 포구를 따라 이쪽으로 접근하고 있습니다."

성문에서 백웅 포구 입구까지는 오십여 장의 꽤 먼 거리지만 백 년 공력에 가까운 보진의 눈에는 태사해문 고수들의 움직임이 일목요연하게 보였다.

"전부냐?"

화운룡의 물음에 보진은 빠른 속도로 접근하고 있는 적들을 안력을 돋우어 자세히 살펴보았다.

"전부입니다."

태사해문 고수들은 화운룡이 주천곤을 구출해서 장강을 건널 때 배에서 정확하게 십구 명을 죽였기 때문에 현재 당평원을 포함해서 이백팔십이 명일 것이다.

사해검문 문주 당평원은 비룡은월문이 태주현에서 이곳으로 이전했다는 사실을 알고 있을 것이다. 그런 정보도 모른 채 무작정 쳐들어오지는 않았을 터이다.

그런데도 비룡은월문 성문을 향해서 정면으로 이백팔십이 명 전원이 곧장 진격해 온다는 것은 여전히 이쪽을 과소평가하고 있다는 뜻이라고 할 수 있다.

그렇다면 화운룡으로서는 잘된 일이다.

비룡은월문이 거대한 성채에 높은 담과 십여 장 폭의 해자에 둘러싸여 있다는 사실을 알고 있을 테니까 저들로서도 모종의 준비를 했을 것이다.

하지만 이쪽에서는 태사해문이 준비했을 것들에 대해서 미리 대비를 해두었다.

이윽고 굳게 닫힌 성문 앞의 해자 건너편 어둠 속에, 일단의 무리들이 당도하여 운집했다.

화운룡이 대충 세어보니까 삼백여 명에 가까우며 모두 흑의 경장을 갖춰 입은 모습이었다.

가까운 거리라서 무리 중에 한 사람이 전면으로 천천히 걸어 나오는 모습이 화운룡의 눈에도 보였다.

오십 대 초반의 기골이 장대하고 어깨가 떡 벌어진 중년인이 무리의 앞으로 나와서 걸음을 멈추고 두 손을 양쪽 허리에 얹고는 성문 위를 쳐다보았다.

화운룡은 그가 사해검문 문주인 사해금검 당평원이라는 것을 알아보았다.

당평원은 정면 성문 위에 서 있는 몇 사람 중에서 화운룡에게 시선을 맞추었다.

"네가 화운룡이냐?"

화운룡이 십절무황 전의 무적검신이었던 시절에 당평원은 그를 정면으로 쳐다보지도 못했다.

화운룡은 성벽 너머로 어깨 위를 드러낸 모습으로 당평원을 굽어보았다.

"귀하가 당평원이로군."

당평원은 삼류문파인 비룡은월문의 소문주 따위가 버릇없이 말하자 발끈했다.

"어린놈이 존장을 몰라보고 예의가 없구나!"

화운룡은 빙그레 미소 지었다.

"귀하는 예의가 있어서 아무런 은원 관계도 없는 본 문을 걸핏하면 괴롭히는 것인가?"

"네 이놈……."

"우리가 너희에게 무엇을 잘못했는가?"

"……."

"춘추구패 중에 하나가 아무런 이유 없이 너희를 핍박한다면 정당한 일인가?"

당평원은 말문이 막혔다. 처음부터 아무런 은원 관계도 없는 비룡은월문을 뺏으려고 한 것 자체가 잘못된 일이라서 말로 하면 질 수밖에 없다.

당평원은 말을 바꾸었다.

"내 자식들과 강우조는 어디에 있느냐?"

화운룡은 당평원의 안하무인격인 언행에 이미 배알이 뒤틀려서 곱게 대하고 싶지 않았다.

"이봐, 내가 형제들에게 사해검문을 공격하라고 보냈다면 너는 그들을 어떻게 했겠는가?"

당평원이라면 보는 즉시 잡아 죽였을 것이다. 살려두고 말고 할 이유가 없다.

그렇다면 대답은 이미 나왔다. 화운룡의 말인즉 당평원의 자식들 당검비와 당한지, 그리고 태극신궁의 소궁주 강우조는 이미 죽었다는 뜻이다.

당평원은 자식이라곤 당검비와 당한지 둘뿐인데 그 둘을 모두 잃었으니 하늘이 무너지고 딛고 선 땅이 천길만길 아래로 꺼지는 것만 같았다.

예전 사해검문과 태극신궁이 합병하기 전에 아들 당검비가 위검당주와 위검당 고수 이십여 명을 이끌고 해남비룡문을 접수하겠다고 갔다가 실패하고 돌아왔을 때, 당평원은 사태의

심각성을 깨달았어야만 했다.

그런데 그로부터 얼마 후에 아들보다 더 믿는 딸 당한지가 당검비와 정혼자 강우조, 사해검문의 일급검수 오십 명을 이끌고 가서 비룡은월문을 접수하지 못하면 멸문시키겠다고 했을 때 당평원은 말리지는 못할망정 오히려 기특하다고 딸의 어깨를 두드려 주었다.

화운룡은 멀쩡하게 살아 있는 당한지 등을 앞세워서 당평원의 선처를 바란다거나 협박하고 싶은 생각은 추호도 없었다.

오늘 이 싸움하고는 별개로 그가 당한지 등이 다 나으면 놔주겠다고 했으므로 그 약속을 지킬 것이다.

당평원은 주먹을 움켜쥐고 분노를 겨우 삼키면서 말했다.

"그 아이들의 시신은 어찌했느냐?"

"너 같으면 어떻게 했겠나?"

당평원이라면 화운룡의 형제들이 사해검문을 공격하려다가 죽음을 당했다면 그 시체들을 들판에 버려 들개 먹이가 되게 하든지, 아니면 사지를 도막 내서 상자에 담아 비룡은월문으로 보냈을 것이다.

"으으… 죽일 놈!"

당한지와 당검비가 그렇게 됐을 거라는 상상을 하자 당평원은 분노 때문에 턱을 덜덜 떨었다.

사실 당평원의 물음에 화운룡은 자신의 입으로 이랬다 저

랬다 대답을 하지 않고 '너라면 어쨌겠느냐?'고 반문을 하여 당평원의 상상력을 최대한 활용했다.

그때 화운룡이 점잖게 말했다.

"하나 묻겠다."

당평원은 이를 부드득 갈았다.

"지껄여 봐라."

"너는 자식들을 구하러 온 것인가? 아니면 본 문을 탈취하는 것이 목적인가?"

"그걸 말이라고 하느냐? 당연히 자식들을 구하러 왔다."

"자식들이 당신 앞에 나타나면 고이 물러나겠다는 뜻인가?"

"당연하다."

당평원은 목에 핏대를 세웠다.

"그러나 그 아이들이 이미……."

"아버지."

"……."

그때 멀지 않은 곳에서 조용하면서도 낭랑한 여자의 목소리가 들리자 당평원은 흠칫 놀라 그쪽을 쳐다보았다.

순간 당평원은 크게 놀라 낮게 중얼거렸다.

"너희들……."

어둠 저쪽에서 해자의 둑을 따라 세 사람이 이쪽으로 천천히 걸어오고 있는 것이 보였다.

그런데 그들은 산뜻한 새 옷으로 갈아입은 당한지와 당검비, 강우조가 아닌가.

당평원은 자신의 눈을 의심했다.

처참하게 죽어서 들개 먹이가 됐을 것이라고 믿었던 자식들과 강우조가 버젓이 걸어오는 것을 보고는 순간적으로 정신이 멍해졌다.

사실 화운룡은 싸우지 않고 적을 물리치는 병법의 최선책을 시도하기로 했다.

어차피 당한지 등을 고이 보내주겠다고 말을 했으므로 이 자리를 빌어서 아버지에게 보내주어 그의 마음을 돌려보겠다는 생각이다.

방금 전에 당평원이 자식들만 자신 앞에 나타나면 고이 물러나겠다고 한 말의 여운이 아직도 허공중에 사라지지 않고 떠 있는 상태다.

하지만 화운룡은 당평원이 호락호락 물러갈 것이라고 생각하진 않았다.

무적검신과 십절무황으로 육십사 년을 살아온 화운룡이라고 하지만 남경 사해검문 문주 당평원의 성격까지 자세하게 알지는 못했다.

다만 그가 늙은 너구리처럼 생각이 깊고 교활하다고만 알고 있는 정도였다.

이윽고 당한지와 당검비 등은 놀라고 있는 부친 당평원 앞에 이르렀다.

당평원은 어리둥절한 표정으로 당한지와 당검비의 손을 각각 잡았다.

"너희들 죽은 것이 아니었느냐?"

당한지와 당검비는 성문 위의 화운룡을 바라보면서 만감이 교차하는 표정으로 말했다.

"우리는 싸우다가 중상을 입었는데 저 사람은 성심을 다해서 우릴 치료해 주었어요."

"그는 조만간 우리를 집으로 돌려보내주겠다고 약속했는데 아버지께서 이렇게 오셨군요."

"허어……."

자식들의 말에 당평원은 말문이 막혔다.

당한지가 부친의 크고 단단한 손을 잡고 이끌었다.

"아버지, 돌아가요."

"무슨 말이냐?"

"저 사람을 괴롭히지 말자는 뜻이에요."

"음……."

부친의 얼굴이 단단하게 굳어지는 것을 보며 당한지는 간곡하게 말했다.

"많이 생각해 봤는데 아무 죄 없는 저 사람들을 괴롭히는 것은 잘못된 일이에요. 저 사람은 우릴 당연히 죽여야 하는데도 정성껏 치료를 해주었어요. 선의를 악의로 갚는 것은 사람의 도리가 아니에요."

당검비도 거들었다.

"그렇습니다, 아버지. 우리가 저들을 괴롭힐 이유가 없습니다. 이러는 것은 옳지 않습니다."

화운룡이 중상을 입은 당한지와 당검비, 강우조를 죽이지 않고 정성껏 치료해서 이렇게 돌려보냄으로써 화친(和親)하자는 의미를 분명히 전달했다.

그러나 당평원의 생각은 다르다. 당한지 등을 죽이면 후환이 두려우니까 살려주었을 것이라는 생각이다. 같은 물을 먹어도 소가 먹으면 젖이 되지만 뱀이 먹으면 독이 된다. 당평원은 독사인 것이다.

당평원은 지그시 이를 악물더니 동태하 쪽을 가리켰다.

"무사했으니 됐다. 이제 너희들은 집으로 가라."

"아버지."

아들과 딸은 목숨의 은혜를 입은 비룡은월문을 공격하지 말기를 바라고 아버지는 그것을 묵살하는 흔치 않은 장면이 벌어지고 있다.

화운룡은 저 아래에서 이어지고 있는 그들의 대화를 듣고 당평원이라는 자가 결국은 공격할 것이라고 판단했다.

당한지와 당검비는 간곡하게 부친을 설득하려고 했으나 결국 그의 고집을 꺾지 못했다.

당한지와 당검비는 착잡한 표정으로 부친을 응시하다가 이윽고 나란히 서서 성문 위의 화운룡을 향해 정중하게 포권을 하며 말했다.

"화 상공의 후의에 진심으로 감사드려요. 부디 무사하기를 빌어요."

두 사람은 자신들이 화운룡의 적이 아님을 분명하게 밝혔다. 그렇지만 두 사람은 부친과 태사해문 고수들의 공격에 화운룡이 무사하지 못할 것이라고 짐작했다.

그렇지만 두 사람이 화운룡을 위해서 해줄 수 있는 일은 없으며 해줄 수도 없었다.

화운룡은 고개를 끄떡였다.

"살펴 가시오."

당한지와 당검비는 몸을 돌려 동태하를 향해서 천천히 걸음을 옮겼다.

그렇지만 태극신궁의 소궁주 강우조는 당평원에게 냉랭한 얼굴로 부탁했다.

"아버님, 반드시 비룡은월문을 몰살시키고 저 화운룡이라는 놈을 처참하게 죽여주십시오."

회천탄 무령강전에 급소를 맞아서 무공을 잃은 강우조는 자신의 목숨을 구해준 화운룡에게 은혜 대신에 원한을 품었다.

비룡은월문을 공격하기로 마음먹은 당평원이지만 그래도 자식들의 말이 옳다는 것을 알고 있다.

그래서 그는 비뚤어진 성격의 강우조를 씁쓸한 표정으로 쳐다보며 아무 말도 하지 않았다.

저만치 걸어가던 당한지는 강우조를 뒤돌아보면서 싸늘한 표정을 지었다.

그녀는 이번에 강우조에게 크게 실망했기 때문에 문파에 돌아가면 아버지와 주위 사람들이 아무리 말린다고 해도 그와의 정혼을 파혼할 결심이다.

그녀는 강우조가 따라오든지 말든지 신경 쓰지 않고 오빠 당검비와 나란히 비룡은월문에서 멀어졌다.

그녀의 마음속에는 부친의 이번 공격에 화운룡이 부디 무사하기를 비는 마음이 간절했다.

화운룡에게 어떤 특별한 연정 같은 것을 품고 있기 때문이 아니다.

그가 죽이지 않았더라도 내버려 두면 죽을 수밖에 없는 처지였던 그녀와 오빠 당검비를 성심껏 치료해서 살려준 것에 대한 고마운 마음에서다.

하지만 당한지는 화운룡이 화살을 뽑고 자신을 치료하는 과정에 몸 여러 부위를 몇 번이나 만진 사실을 죽어도 잊지 못한다.

비록 치료 때문이었다고는 하지만 그녀의 순결한 몸을 그렇게 보고 만진 사람은 화운룡이 처음이기 때문에 어떻게 잊을 수 있겠는가.

강우조는 비틀거리면서 당한지와 당검비를 뒤따르면서도 몇 번이나 뒤돌아보며 화운룡을 노려보았다.

이즈음 성안에서 비룡은월문의 거의 모든 무사가 화운룡이 있는 곳으로 모여들었다.

공격하는 당평원과 태사해문 고수들이 전부 성문에 모여 있기 때문에 화운룡이 무사들을 불러 모은 것이다.

화운룡은 노골적으로 비웃었다.

"당평원, 너는 자식들 때문에 이곳에 왔다고 조금 전에 말하지 않았느냐?"

당평원은 불과 일각 전에 그런 말을 했었지만 조금도 부끄러워하지 않았다.

"화운룡, 지금이라도 순순히 굴복한다면 해남비룡문은 멸문을 면할 수 있다."

"너는 접수하러 온 문파의 명칭도 제대로 숙지하지 못했구

나. 여긴 비룡은월문이다. 아직 글을 깨우치지 못했느냐?"

당평원은 성문 위 커다란 편액에 '비룡은월문'이라고 적힌 큰 글씨를 보고는 부끄러움보다는 화가 치솟았다.

해남비룡문이든 비룡은월문이든 상관이 없는 일로 무안을 주기 때문이다.

"이놈! 잠시 후에 네놈의 혀를 뽑아주겠다."

"글쎄, 내 혀가 뽑힐지 너보다 한발 앞서 장강에 수장된 열 아홉 명의 네 수하들을 네가 잠시 후에 만나게 될는지 누가 그걸 알겠나?"

"너······."

당평원은 흠칫했다.

그는 장강 건너에서 배를 구했다는 수하의 보고를 받고 즉시 달려갔는데 단주 이하 십구 명의 수하는 아무리 기다려도 끝내 돌아오지 않았으며 찾을 수도 없었다. 그런데 화운룡 말로는 그들이 장강에 수장됐다는 것이다.

"네놈 짓이었느냐?"

"돌아가라, 당평원."

화운룡은 조용한 목소리로 경고했다. 지금이라도 당평원이 돌아간다면 서로 무사할 것이라는 의미다.

팔십사 세까지 살면서 화운룡이 궁극적으로 깨달은 것은 싸우지 않음이 가장 좋다는 사실이다.

그러나 당평원 귀에는 화운룡의 경고가 들리지 않았다. 태사해문이 춘추십패의 반열에 들려면 막대한 자금이 필요하고 그러려면 반드시 해룡상단을 손에 넣어야만 한다. 즉, 야심 때문에 눈이 먼 상태였다.

그는 화운룡을 가리키며 수하들에게 명령했다.

"공격하라!"

순간 앞줄의 고수 이십 명이 해자 가까이 달려 나가며 성벽 위를 향해 밧줄을 던졌다.

쉬이익! 쉬익!

이십 개의 밧줄이 성벽 위를 향해 일직선으로 쏘아 왔다.

밧줄 끝에는 세 개의 안으로 구부러진 날카로운 갈고리가 매달려 있다.

차차창!

밧줄 끝의 갈고리가 성벽에 걸리자 고수들이 밧줄을 팽팽하게 잡아당겨 끝을 땅속에 단단하게 파묻었다.

당평원은 새로 이사한 비룡은월문의 성벽이 매우 높다는 보고를 받고는 수하들에게 갈고리가 달린 길고 질긴 밧줄을 준비하라고 명령했다.

다른 건 전혀 필요하지 않고 그것 하나만 있으면 충분하다고 생각했다.

휘익! 휙! 휙!

다음 순간 기다리고 있던 고수들이 몸을 날려 성벽 위로 길고 팽팽하게 연결된 밧줄 위에 올라서더니 빠르게 성벽 위를 향해 쏘아 올라갔다.

당평원은 제일 먼저 밧줄에 올라서 쏘아 오르며 어깨의 검을 뽑았다.

"화운룡 이놈!"

그는 무엇보다도 제일 먼저 화운룡을 죽이겠다고 잔뜩 벼르고 있었으며 최소한 열 호흡 이내에 그를 죽일 수 있을 것이라고 믿었다.

하나에 십오 장 길이인 이십 개의 밧줄 위로 당평원을 비롯한 태사해문 고수 이백팔십이 명이 거의 모두 올라섰을 때 화운룡이 번쩍 왼손을 들었다.

순간 성벽 위에 앉아 있던 궁수들이 일제히 일어나더니 무령강전을 발사했다.

투아앙! 타타앙!

한꺼번에 오백 발 이상 발사하는 무령강전 소리가 마치 벼락이 치는 것처럼 굉장했다.

성문을 중심으로 좌우 이삼십 장 이내에 집결해 있던 비룡은월문 무사 오백여 명이 발사한 무령강전이 소나기처럼 태사해문 고수들을 향해 쏘아 갔다.

콰아아!

보통 화살 수백 발이 한꺼번에 날아가면 소나기 쏟아지는 소리가 나는데 이것은 높은 곳에서 폭포가 떨어지는 음향이다. 그만큼 위력이 막강하기 때문이다.

또한 비룡은월문 오백여 명의 무사들이 어느 방향에서 무령강전을 발사하더라도 한 발도 빗나가지 않고 태사해문 고수들에게 집중하여 쏘아 갔다.

모두들 회천탄의 일초식인 반곡사탄궁을 배우고 있는 중이기 때문이다.

반곡사탄궁을 시전하면 무령강전이 표적을 향해 반원을 그리며 쏘아간다.

태사해문 고수들은 일제히 검을 휘둘러서 무령강전을 쳐내려고 했다.

카카카카캉!

쩌쩌쩌쩡!

그러나 튕겨지는 무령강전은 단 한 발도 없었다.

회천탄이라는 놀라운 초식의 궁술로 발사되는 무령강전에는 공력이 고스란히 실려 있으며, 무령강과 강철의 합금으로 만든 무령강전의 화살대는 보검으로만 자를 수 있다.

그러므로 삼사십 년이라는 얕은 공력으로 무령강전을 발사하여 일 갑자 공력의 고수들을 사지로 몰아넣을 수가 있었다.

퍼퍼퍼퍽!

"흐악!"

"끄악!"

태사해문 고수들이 무령강전을 평범한 화살이라고 착각하여 검으로 쳐냈으나 무령강전은 잘리기는커녕 방향이 약간 틀어졌을 뿐 그대로 그들의 몸에 쑤셔 박혔다.

이백팔십이 명이 한꺼번에 밧줄에 올라서 있는 탓에 내가 무령강전에 맞지 않으면 앞뒤의 동료가 대신 맞았다. 그렇다고 본인도 무사하지 못했다. 앞뒤에서 쳐낸 무령강전이 제 몸에 꽂히기 일쑤였다.

한 번의 무령강전 발사로 태사해문 고수 삼십여 명이 무더기로 적중되어 밧줄에서 떨어져 해자로 추락했다.

무령강전의 화살촉은 무령강으로 만들어져서 한 번 꽂히면 몸을 관통하기에 즉사하거나 치명상이다.

더구나 성벽 위의 비룡은월문 무사 오백여 명은 연속적으로 무령강전을 쏘아댔다.

콰아아앗!

밧줄을 타고 오르는 태사해문 고수들은 크게 놀라서 오르기를 멈추고 극도로 긴장하여 미친 듯이 전력을 다해서 검을 휘두르며 무령강전을 막았다.

카차차차창!

까까깡! 쩌쩌쩡!

"흐아악!"

"커흑!"

그렇지만 벼락같은 기세로 쏘아오는 무령강전들을 반 자나 한 자 정도 옆으로 쳐내는 게 전부고, 오히려 검이 부러져서 날아가며 흉기로 돌변했다.

이십 개의 밧줄 위는 아수라장으로 변했다.

지켜보던 화운룡이 우렁차게 외쳤다.

"당평원은 올라오게 놔둬라!"

당평원조차도 무더기로 쏘아오는 무령강전에 쩔쩔맬 정도라면 가히 회천탄의 위력을 짐작할 수 있다.

화운룡 뒤쪽 좌우에는 팔룡이위 중에 창천만 빠진 팔룡일위가 늘어서 있으며, 십 장 이내에는 비룡은월문 비룡검대 이십오 명이 포진해 있었다.

비룡검대는 원래 사십오 명이었으나 형산은월문과 태주현 인근의 방파와 문파들에서 엄선한 무사들이 유입되는 과정에 재정비를 하여 이십오 명으로 대폭 줄였다.

그 이유는 비룡검대 전원을 일류고수로 키우겠다는 화운룡의 결심 때문이었다.

그렇기에 당평원이 성벽 위에 올라온다고 해도 아무런 문제가 없을 터이다.

당평원만이 아니라 태사해문 고수 몇 명이 요행히 올라오더라도 충분히 격퇴할 수 있다.

투아앙!

콰아아아!

태사해문 고수들은 십오 장 길이의 밧줄 위에서 생사의 처절한 위기에 빠졌다.

소나기처럼 쏟아지는 무령강전을 쳐내느라 전진도 후퇴도 할 수 없는 상황이었다.

회천탄은 원래 예상했던 것보다 몇 배나 더 큰 위력을 발휘하고 있었다.

그들은 지난번 당한지와 오십 명의 태사해문 고수들을 물리쳤을 때 회천탄의 위력을 실감했지만 지금은 그때보다 훨씬 더 위력적이다.

무려 오백여 명이 한꺼번에 발사하기 때문이기도 하고 그때보다 시일이 흘렀기에 회천탄을 더 연마한 덕분이다.

마침내 당평원이 제일 먼저 성벽 위에 올라섰으며 그를 따라서 두 명의 고수가 더 올라섰다.

화운룡이 당평원에게 무령강전을 쏘지 말라고 명령한 덕분이지 당평원 자력으로 올라선 것이 아니다. 그 덕분에 두 명의 고수도 곁따라서 올라왔다.

하지만 당평원에겐 팔룡위가, 두 명의 태사해문 고수에겐 비룡검대가 득달같이 포위하여 협공을 개시했다.

사해검문 문주 당평원이라고 하지만 혼자서 화운룡이 직접 가르친 팔룡위의 치밀하고 예리한 합공에는 싸움이 시작되자마자 속수무책 방어하기에만 급급했다.

카차차차창!

당평원은 성벽 위에 올라서기만 하면 화운룡을 비롯한 적들을 깡그리 쓸어버리겠다고 마음먹었지만 막상 올라와 보니까 이건 전혀 딴판이다.

화운룡은 비록 이십육 년의 공력뿐이지만 탁월한 지휘자이며 용병술로 손 하나 까딱하지 않아도 좋았다.

그는 보진과 나란히 서서 당평원과 싸우는 팔룡위, 그리고 두 명의 태사해문 고수를 치밀하고 무차별적으로 협공하는 비룡검대 이십오 명을 지켜보았다.

당평원의 마음은 갈피를 잡을 수 없이 산산조각 나버렸다. 그는 자신과 이백팔십여 명의 일류고수면 비룡은월문을 단숨에 쓸어버릴 줄만 알았다.

최초에 당검비가 실패하고 그다음에는 당한지가 연이어서 실패했을 때에도 그는 자신이 가기만 하면 비룡은월문 따윈 흔적도 남기지 않고 평지풍파를 만들 수 있을 것이라고 호언장담했다.

그런데 이제야 깨달았다. 당검비와 당한지가 어째서 실패했는지를 말이다.

그 아이들이 못나서가 아니고 부족해서도 아니라 비룡은월문이 너무 강했다. 아니, 화운룡을 과소평가했다.

당평원은 자신의 자식 나이 또래인 새파랗게 젊은 여덟 명 팔룡위의 협공을 받으면서 성명절기를 전력으로 전개하며 좌충우돌했다.

차카카카캉!

그러나 그는 채 삼초식을 전개하기도 전에 공격을 방어로 바꾸어야만 했다.

'말도 안 된다……'

그는 자신의 한 몸에 여러 각도에서 무지막지하게 쏟아지는 도검과 창, 채찍 등 여덟 자루 무기를 막고 피하느라 제정신이 아니다.

자식뻘인 새파랗게 젊은 여덟 명의 공격이 이토록 치밀하고 위력적이라는 사실이 믿어지지 않았다.

이들 여덟 명 각각의 공력은 심후하지 않은 것 같은데 그들이 펼치는 초식들이 실로 굉장했다. 바늘 하나 찔러 넣을 틈을 찾아낼 수가 없었다.

쐐애액! 피이잇!

이놈들 서너 명과 싸우면 어떻게든지 해볼 만하겠는데 여덟 명은 너무 많다.

팔룡위 여덟 명이 전개하는 초식이라는 것이 하나같이 정교하고 변화무쌍하며 쾌속하기 이를 데 없어서 당평원의 혼을 쑥 빼놓았다.

성벽 너머에서 무령강전에 맞은 수하들의 애끓는 비명 소리가 계속 이어지고 있는 것도 당평원을 초조하게 만들었다.

"으아악!"

"크아악!"

수하들의 비명 소리 때문에 아주 잠깐 정신이 흐트러진 사이에 감중기의 도가 왼쪽 허공에서 전광석화처럼 당평원의 목을 비스듬히 그어왔다.

키우웃!

비록 한 달 남짓 연마했지만 천하에 비교할 도법이 없는 초일도라는 극강극쾌도법이다.

그렇지 않아도 방어하기에 급급하던 당평원은 놀라서 다급하게 철판교의 수법으로 상체를 뒤로 젖히면서 가까스로 도를 피했다.

파아아!

"웃!"

그 순간을 놓치지 않고 숙빈과 도도의 채찍이 편법 파우린을 전개하여 양쪽에서 당평원의 팔을 휘감아 쓰러지려는 것을 벌떡 일으켰다.

푸푹!

"큭……."

그 순간 백진정과 화지연의 창이 만우뢰의 탁월한 수법으로 그의 어깨와 옆구리를 꿰뚫었다.

연무장에서 피땀 흘리며 훈련했던 팔룡위의 협공이 빛을 발하는 순간이다.

휘유우웅!

그뿐 아니라 전중과 조연무가 발출한 비도 네 자루가 당평원의 얼굴을 향해 일직선을 그리며 쏘아 갔다.

그와 동시에 벽상의 쌍검이 당평원의 목을 잘라 갔다.

쐐액!

"멈춰라!"

그때 화운룡이 짧게 외치자 벽상과 전중, 조연무는 일제히 쌍검과 비도를 거두었다.

전중과 조연무가 연마하고 있는 비도술 비폭도류는 최대 서른여섯 자루의 비도를 한꺼번에 발출하여 서른여섯 명을 죽일 수 있으며, 비도 손잡이의 작은 고리에 육안으로는 구분하기 어려운 튼튼한 강사가 연결되어 있어서 발출과 회수를 자유자재로 할 수 있다.

"흐으으……."

왼쪽 어깨와 오른쪽 옆구리에 시커먼 창이 깊숙이 꽂혔으며 양팔에 채찍이 감긴 상태인 당평원은 쓰러지지도 못하고 얼굴을 고통으로 일그러뜨렸다.

장하문이 기다렸다는 듯이 다가가서 당평원의 마혈을 제압하자 숙빈과 도도가 채찍을 풀었다.

장하문은 당평원의 어깨를 잡고 번쩍 신형을 날려 성벽 위로 올라서서 쩌렁쩌렁하게 외쳤다.

"태사해문 고수들은 모두 여길 봐라!"

그 순간 비룡은월문 무사들이 일제히 화살 쏘기를 멈추었고 밧줄 위의 태사해문 고수들은 검을 휘두르다가 멈추고 중심을 잡으려고 흔들거리면서 장하문을 쳐다보았다.

"당평원은 제압됐다!"

장하문이 쩌렁하게 외치지 않더라도 태사해문 고수들은 두 자루 창에 꽂혀서 피를 흘리며 뻣뻣하게 제압되어 있는 당평원의 일그러진 얼굴을 보았다.

긴말이 필요 없다. 문주 당평원이 제압됐다는데 더 이상 무슨 말이 필요하겠는가.

당평원과 거의 동시에 성벽 위로 올라왔던 두 명의 고수는 이미 비룡검대에게 난도질당해서 숨이 끊어졌다.

또한 백오십여 명의 태사해문 고수들이 무령강전에 맞아서 죽거나 중상을 당했으며 아직도 해자에 빠져서 허우적거리는 자들이 부지기수였다.

"무기를 버려라!"

장하문의 외침에 태사해문 고수들은 멈칫거렸다.

그들은 성벽 위에 건 밧줄의 절반에도 못 미친 곳에서 뒤뚱거리며 당평원을 주시했다.

어깨와 옆구리에 창을 꽂고 있는 당평원은 참담한 표정으로 쥐어짜듯이 중얼거렸다.

"이자 말대로 해라."

밧줄 위의 태사해문 고수들은 착잡한 표정으로 잠시 망설이는 듯하더니 하나둘씩 검을 버리고 땅으로 내려섰다.

그때 동태하 쪽으로 갔던 당한지와 당검비가 달려와서 성문 위의 부친을 발견하고는 참담한 표정으로 찢어지듯이 비명을 질렀다.

"아버지!"

성문 위에서 장하문에게 붙잡힌 채 자식들을 굽어보는 당평원은 비참함이 극에 달해서 죽고 싶은 심정이었다.

아까 자식들의 간곡한 말을 들었으면 돌아서는 모양새도 보기 좋았을 테지만 막상 이렇게 되고 보니까 아비로서 꼬락서니가 말이 아니었다.

第四章
천외신계의 출현

　비룡은월문 휘하 무사들은 단 한 명도 다치지 않은 일방적인 대승을 거두었다.

　당평원이 대패한 이유는 그들이 약해서도, 비룡은월문이 강해서도 아니었다.

　이유는 단 하나, 순전히 당평원이 비룡은월문을 지나치게 과소평가했기 때문이다.

　처음부터 비룡은월문을 대등한 적으로 여기고 치밀한 작전을 세워서 싸움에 임했더라면 이 정도로 지리멸렬하지는 않았을 것이다.

이로써 화운룡은 큰 산 하나를 넘었지만 안심할 수 있는 상황이 아니다.

당평원과 삼백 명의 고수를 제압했다고 해서 태사해문이 비룡은월문을 포기하지는 않을 것이다.

화운룡이 태사해문 입장이라고 해도 이런 상황이 되면 오기가 생겨서라도 절대로 포기하지 않을 것이다.

그러므로 화운룡은 큰 산 하나를 넘었지만 앞으로 나타날 더 큰 산에 대비를 해야만 한다.

당평원을 비롯한 태사해문 고수들은 크나큰 희생을 치렀다.

백십여 명이 죽었고 사십여 명이 부상을 당했으니 멀쩡한 사람은 정확하게 백삼십여 명에 불과했다.

화운룡은 당평원을 비롯한 부상자들을 치료하고 시체들을 상하지 않도록 처리하여 관에 넣도록 지시했다.

그리고 다치지 않은 구십삼 명은 혈도를 제압하여 뇌옥에 감금했다.

당한지와 당검비는 제 발로 비룡은월문에 들어와서 중상을 입은 부친 곁을 지켰다.

백진정과 도도의 창에 찔린 당평원은 어깨보다 옆구리 상처가 훨씬 심각했다.

내장이 찢어졌으며 피를 많이 흘린 탓에 성문 앞 전투가 끝난 후에는 곧바로 사경을 헤매게 되었다.

만약 그를 치료한 사람이 의술이 신의 경지에 도달한 화운룡이 아니었다면 십중팔구 죽었을 것이다.

당한지와 당검비는 치료하는 과정에 옆에서 지켜보았기 때문에 그 사실을 잘 알고 있지만 두 사람보다 더 잘 아는 사람은 당평원 자신이었다.

중상으로 인해서 정신을 잃기 전의 그는 자신이 오래 버티지 못하고 죽을 것이라고 짐작했다.

그래서 당한지와 당검비의 손을 잡고 자신이 자식들의 말을 듣지 않은 것에 대해서 미안한 마음을 전했으며 유언 비슷한 말들을 남겼다.

당한지와 당검비 역시 부친이 죽을 것이라는 생각에 눈물을 흘리면서 그의 말을 들었다.

하지만 화운룡이 치료하고 난 이후 당평원은 안정을 되찾고 깊은 잠에 빠졌다.

화운룡은 밤새도록 당평원과 부상당한 태사해문 고수들을 치료했으며 그것은 동이 트고 나서도 계속 이어졌다.

비룡은월문 의원들과 의녀, 의생들이 총동원됐으며 화운룡은 목숨이 경각에 이른 중상자들만 치료했다.

정오가 훨씬 지나서 치료를 끝낸 그가 용황락 운룡재로 돌아왔을 때 옥봉이 뜻밖의 기쁜 소식이 전해주었다.

"용공, 아버지께서 정신이 드셨어요."

화운룡은 몹시 피곤했지만 곧장 운룡재 내의 객방 침실로 달려갔다.

깨어나긴 했지만 일어나서 앉을 힘이 없는 주천곤은 침상 옆에 바싹 다가앉은 사유란과 대화를 나누고 있다가 급히 들어서는 화운룡을 맞이했다.

"운룡."

"아버님!"

화운룡은 한달음에 달려가서 주천곤의 손을 잡았다.

"어떠십니까? 불편한 곳은 없으십니까?"

수척한 모습의 주천곤은 부드러운 미소를 지었다.

"내 평생 이렇게 좋았던 적은 없었네."

사실 주천곤은 온몸 여기저기 아프지 않은 곳이 없는 상태지만 자신이 죽지 않고 살아났으며 화운룡이 그를 흑랑곡에서 구해 와서 비룡은월문에 있다는 사실을 알고는 기분이 매우 좋아졌다.

주천곤은 화운룡과 그 옆에 서 있는 옥봉을 보면서 까칠한 얼굴에 미소를 지었다.

"꿈에서는 봉아가 낳은 예쁜 손자를 안고 있었는데 현실의

봉아는 여전히 어리구나."

화운룡은 어색한 표정을 지었고 옥봉은 얼굴을 붉혔다.

주천곤은 뜨거운 눈빛으로 화운룡을 바라보았다.

"고맙네, 운룡."

짧은 말이지만 그 말속에 많은 의미가 함축되어 있다는 것을 화운룡은 잘 알고 있었다.

"어서 쾌차하십시오."

"내가 침상에서 내려가면 제일 먼저 할 일이 있는데 운룡 자네가 도와줘야 하네."

"무엇이든지 말씀만 하시면 신명을 다하겠습니다."

"자네 약속한 걸세."

"그렇습니다."

주천곤은 두 손으로 화운룡과 옥봉의 손을 잡았다.

"나는 자네 두 사람을 혼인시키고 싶네."

화운룡과 옥봉은 멍한 얼굴로 서로를 바라보았다.

"내가 일어나는 대로 두 사람 혼인하게."

"아버님……."

주천곤은 회심의 미소를 지었다.

"운룡 자네 방금 나하고 약속했네."

만공상판 원종은 오늘 아침 일찌감치 북경으로 가기 위해서 출발하기로 했는데 뜻밖에도 운룡재에서 화운룡을 기다리고 있었다.

원종은 화운룡이 할 일을 다 마치기를 기다렸다가 불쑥 그의 앞에 나타났다.

"무슨 일이 있느냐?"

원종이 출발하지 않았다면 마땅히 그럴 만한 이유가 있을 것이라고 화운룡은 생각했다.

"주인님께서 싸움을 지휘하고 계실 때 혹시나 하는 마음에 성문 주위를 수색하다가 당평원 등을 감시하고 있는 놈을 발견했습니다."

"그래?"

화운룡은 당평원과 이백팔십여 명의 태사해문 고수들이 코앞까지 들이닥친 급박한 상황이라서 감시자가 있을지도 모른다는 생각까진 하지 못했었다.

"도주하는 놈을 오십여 리나 추격해서 잡았습니다."

원종은 천하무림을 대표하는 백 명의 절정고수 백무신 중에 한 명이다.

그런 그가 오십여 리나 추격했다면 당평원 등을 감시하던 자가 보통은 넘는다는 뜻이다.

"보시겠습니까?"

"앞장서라."

원종은 용황락에서 창고로 사용하고 있는 뒤편의 건물로 화운룡을 안내했다.

창고 안에는 여러 종류의 집기들이 차곡차곡 정리되어 있는데 안쪽으로 들어간 어떤 가구 앞에 한 명의 경장인이 책상다리를 한 자세로 앉아 있었다.

삼십오륙 세의 나이에 코밑과 입가에 짧은 수염을 기른 강인해 보이는 인물이다.

원종이 사내의 아혈을 풀어주면서 말했다.

"제가 신문을 해봤지만 한마디도 하지 않았습니다. 하지만 벙어리는 아닙니다."

화운룡은 사람을 신문할 때 한 가지 방법을 즐겨 사용한다.

처음에는 분근착골(分筋錯骨)로 상대에게 처절한 고통을 줘서 실토시키는 수법을 사용했으나 나중에 잠혼백령술이라는 신통한 수법을 알게 된 후부터는 이 수법만을 사용했다.

이 수법은 이름 그대로 영혼을 제압하고 마음을 사로잡는 것으로써 십 년 정도의 공력만 있으면 시전할 수 있는데 누구나 할 수 있는 것은 아니었다.

왜냐하면 이십칠 개의 혈도를 모두 제각각의 힘으로 누르고 또 제각각의 공력을 주입시켜야만 한다. 그렇기 때문에 옆에서 두 눈 똑똑히 뜨고 지켜본다고 해도 백이면 백 절대로 배우지 못한다.

마혈이 제압되어 움직이지 못하는 사내는 화운룡과 원종을 쳐다보았으나 뜻밖에도 평온한 표정이다.

절대다수의 사람들은 이런 상황에 처하면 겁에 질리거나 분노하게 마련인데 비해서 이 사내는 처음부터 남달랐다. 그만큼 수양이 깊다는 뜻이었다.

화운룡은 사내의 머리를 비롯한 상체의 이십칠 개 혈도를 충분한 시간을 두고 천천히 제압했다.

원종은 그걸 지켜보면서 삼십팔 개 혈도를 머릿속에 차곡차곡 기억해 두었다.

그는 사내의 입을 열게 하려고 별별 방법을 다 써봤지만 성공하지 못했다.

하지만 화운룡은 매우 특별한 능력의 소유자이기 때문에 사내의 입을 열게 할지도 모른다고 생각했다.

그때 원종은 사내의 눈빛이 갑자기 온순해지는 것을 발견하고 흠칫했다.

"넌 누구냐?"

화운룡이 나직한 목소리로 묻자 그렇게도 열리지 않았던 사내의 입술이 벌어졌다.

"녹성북칠이십팔호(綠星北七二十八號)입니다."

원종은 사내가 말을 한다는 사실에 놀라고 그가 '녹성북칠
이십팔호'라는 이상한 이름을 갖고 있다는 사실에 의아한 표
정을 지었다.

"녹성북칠이십팔호가 이름이냐?"

"그렇습니다. 동료들끼리는 줄여서 북칠이팔(北七二八)이라고
부릅니다."

사람에겐 이름이 있게 마련인데 이 사내는 자신의 이름이
'녹성북칠이십팔호'이며 친한 사이끼리는 줄여서 '북칠이팔'이
라 부른다고 했다.

화운룡은 어쩌면 이 사내에겐 애당초 보통 사람들 같은 이
름이 없으며 이름 대신 태어나면서부터 '녹성북칠이십팔호'라
고 불렸을 것이라고 판단했다.

"어디에서 왔느냐?"

화운룡의 두 번째 물음에 북칠이팔은 전혀 예상하지 못했
던 대답을 했다.

"천신성(天神城)에서 왔습니다."

화운룡이나 원종은 '천신성'이라는 장소를 들어본 적이 없
어서 의아한 표정을 지었다.

"그곳이 어디냐?"

잠혼백령술이라는 수법은 과연 대단했다. 사내 북칠이팔은
화운룡의 물음이 떨어지기 무섭게 대답했다.

"중원에서는 천신성을 천외신계라고 부릅니다."

"음?"

화운룡은 흠칫하고 원종은 자신의 귀를 의심할 정도로 소스라치게 놀랐다.

그렇다면 원종이 오십여 리나 추격해서 겨우 잡은 인물은 천외신계 고수라는 얘기다.

원종은 크게 놀라서 화운룡을 쳐다보았다.

"주인님."

그는 화운룡에게 말하기를 광덕왕 배후에 천외신계가 존재하며 그들은 이미 오 년 전에 중원에 들어왔다고 했었는데 그것이 현실로 드러났다.

척!

화운룡은 북칠이팔과 눈높이를 맞추려고 그 앞에 책상다리를 하고 앉았다.

이제부터 본격적으로 천외신계에 대해서 신문할 생각이다.

북칠이팔을 신문한 결과 전혀 예상하지 않았던 몇 가지 놀라운 사실들이 드러났다.

태사해문은 태극신궁과 사해검문이 주변의 이십삼 개 방파와 문파들을 규합해서 새롭게 발족한 안휘성과 강소성 남쪽 지역의 유일무이한 초거대문파다.

그런데 북칠이팔은 그 이십삼 개 방파와 문파들 중에서 숭무문(崇武門)이라는 중간급 문파에 속해 있으며, 숭무문은 오래전, 즉 오 년 전부터 천외신계가 접수했다는 것이다.

또한 태사해문이 규합한 이십삼 개 방파와 문파들 중에서 다섯 곳이 천외신계 수중에 떨어졌으며, 태극신궁 총관과 사해검문 총당주가 천외신계 인물이라는 것이다.

그리고 천외신계의 목적은 태사해문을 완전하게 장악하는 것과 동시에 태사해문을 춘추십패의 하나로 만들고 또한 최종적으로는 안휘성 남쪽 지역과 강소성 남쪽 지역 모든 방파와 문파들을 자신들의 세력으로 만든다는 것이다.

천외신계에는 최고위 신분인 여황과 여황의 두 제자, 좌우호법이 있으며 그들은 천황족(天皇族)으로 분류된다.

그리고 그 아래 열 개 등급이 있으며, 초(超), 절(絶), 존(尊), 금(金), 홍(紅), 흑(黑), 남(藍), 황(黃), 백(白), 녹(綠)이 그것이다. '초'부터 '존'까지 세 등급은 뒤에 깃발 신(神)을 붙이고, '금'부터 '녹'까지 일곱 등급 뒤에는 별 성(星)을 붙인다.

'존' 아래 일곱 개의 각 계급은 동, 서, 남, 북 네 개로 분류하며 거기에 몇 호(號)라고 이름을 붙인다.

예를 들어 사 등급인 금의 동, 오호(五號)면 '금성동오호(超星東五號)'가 지위인 동시에 이름이다.

또한 초부터 존까지 세 지위는 신조삼위(神鳥三位)라 하고,

금부터 녹까지 일곱 개 지위는 색과 별로 구분한다고 해서 일명 색성칠위(色星七位)라고 하며 인원이 많기 때문에 동, 서, 남, 북 각 방위에 수를 붙여서 나눈다.

일곱 계급 중에서 가장 높은 금성의 수가 제일 적고, 최하급인 녹성의 수가 가장 많다.

색성칠위의 최고위 금성의 동서남북 각 방향은 '동오', '남오'라는 식으로 다섯 개씩 분류가 갈라져서 도합 이십 개지만, 최하위인 녹성의 동서남북 각 방향은 숫자가 붙어서 백 개씩 갈라져 도합 사백 개다.

금성은 총 이백 명이며 녹성은 총 이만 명이다.

태사해문을 장악하여 춘추십패의 하나로 만들고 안휘성과 강소성의 남쪽 지역 방파, 문파들을 휘하 세력으로 만드는 일을 총지휘하는 자는 남성(藍星)이며 자세한 것은 북칠이팔도 모르고 있었다.

만공상판 원종의 긴 설명을 다 듣고 난 장하문이 무겁게 중얼거렸다.

"그야말로 연미지액(燃眉之厄)이로군요."

눈썹에 불이 붙었다는 뜻인데 그만큼 다급하다는 것이다.

대회의실 실내에는 장하문만이 아니라 팔룡이위와 비룡검대부터 은월검대까지 각 대의 대주와 부대주 열 명이 둥글고 큰 탁자에 둘러앉아 있었다.

화운룡과 장하문, 만공상판 원종을 제외한 이십 명은 방금 설명을 듣고 나서 대경실색한 얼굴로 탄성이나 신음 소리조차 내지 못한 채 멍하니 앉아 있을 뿐이었다.

방금 원종이 모두에게 설명한 내용은 그 정도로 어마어마한 사건이었다.

화운룡이 팔룡이위와 각 대의 대주, 부대주들을 모아놓고 설명을 한 이유는 이들 모두가 형제며 가족이라고 생각하기 때문이다.

예전 십절무황이었을 때 화운룡은 모든 결정을 혼자 내렸었지만 이제부터는 모두와 의논할 생각이다.

모두와 의논을 한다고 해서 혼자 결정을 내릴 때보다 더 나은 결정이 나올 것이라고 생각하지는 않지만 이렇게 하는 것이 형제이며 가족을 대하는 도리라고 생각했다.

모두에게 원종이 설명을 한 것은 창고에서 북칠이팔을 신문할 때 그가 화운룡하고 같이 있었기 때문이다. 일테면 화운룡의 대변자 노릇을 한 것이다.

제일 먼저 마음을 추스른 장하문이 모두를 돌아보면서 말문을 열었다.

"모두들 삼천계의 전설은 알고 있으리라 믿소."

삼천계, 즉 천상성계와 천중인계, 천외신계를 뜻함이다.

당금의 황제가 누군지 모르는 사람은 있어도 삼천계가 무엇인지 모르는 사람은 없다.

그러나 삼천계의 실체가 무엇인지, 또 그들의 내막과 그들이 몰고 올 재앙이나 은혜에 대해서는 전혀 모르고 있었다.

다만 무수한 추측만 난무하고 입에서 입으로 삼천계의 외형만 멋스러운 전설로 구전되어 오고 있을 뿐이다.

장하문은 자르듯이 말했다.

"천외신계는 악마들의 세계외다."

그래도 석학인 장하문은 대다수의 사람들보다 삼천계를 조금쯤은 더 잘 알고 있다.

그렇다고 해도 만공상판 원종만큼은 아니다.

그래서 원종이 한마디 거들었다.

"천외신계는 천하를 자신들의 세상으로 만들려고 이미 오년 전부터 천하대계를 꾸미고 있었소."

천외신계가 출현했다는 말 때문에 멍한 표정을 짓고 있던 이십 명은 천외신계가 '악마들의 세계'이며 이미 오 년 전부터 천하대계를 꾸며왔다는 말에 아연실색했다.

*   *   *

"나는 북칠이팔라는 자를 오십여 리나 추격해서 이십여 초를 싸운 끝에 제압할 수 있었소."

원종의 말이 무엇을 의미하는지 팔룡이위와 대주, 부대주 이십 명은 제대로 깨닫지 못했다.

장하문이 굳은 얼굴로 원종의 말을 풀이했다.

"북칠이팔은 천외신계의 최하급 녹성고수인데 그런 고수가 이만 명이나 있다는 사실이오."

"아……."

"맙소사……."

장하문은 한 가지 사실을 더 상기시켜 주었다. 그는 원종을 가리키며 설명했다.

"이 사람은 만공상판이오. 백무신이라는 말이오."

"허어……."

"그런데 녹성고수를 오십여 리나 추격하고 이십 초 동안 싸웠다니……."

원종이 만공상판이라는 사실을 알고 있던 사람도 있었고 몰랐던 사람도 있었으나 그가 백무신 중 한 명이라는 사실에 다들 크게 놀랐다.

백무신 중에 한 명이 천외신계 최하급 녹성고수 한 명과 이십여 초나 싸워서 제압했다는 사실은 충격 그 이상이다.

그렇다면 여기에서 녹성고수를 이길 수 있는 사람은 생사현관이 타통된 장하문과 창천, 보진 정도에 불과할 것이다.

더구나 천외신계에 그런 쟁쟁한 녹성고수가 이만 명이나 있다니 그들이 중원무림을 공격하기 시작하면 아무도 대적하지 못할 터이다.

시간이 흘러 모두들 놀라움이 어느 정도 가라앉자 비룡검대 대주 감형언이 화운룡에게 공손하게 말했다.

"주군, 어떻게 하실 생각이십니까?"

모두들 궁금하게 여기는 물음이다.

줄곧 침묵을 지키고 있던 화운룡이 입을 열었다.

"나는 천하를 구하겠다는 생각 같은 것은 하지 않소."

누군가 마른침을 삼키는 소리가 크게 들렸다.

"다만 비룡은월문이 위험에 처하면 사력을 다해서 지켜낼 생각이오."

지금 화운룡이 하는 말이 이제부터 비룡은월문이 나아갈 길이 될 것이다.

"그런데 태극신궁과 사해검문이 합병하고 이십삼 개 방파, 문파들을 규합하여 태사해문을 탄생시킨 것이 천외신계의 음모로 드러났소. 또한 그들은 춘추십패가 되려 하고 동시에 안휘성과 강소성 남쪽 지역의 모든 방파와 문파들을 장악하려는 음모를 품고 있소."

모두가 극도로 긴장하는 까닭은 이제 곧 비룡은월문의 운명이 결정될 것이기 때문이다.

"우리가 선택할 수 있는 방법은 두 가지요. 하나는 비룡은월문을 봉문하여 뿔뿔이 흩어지는 것이고, 또 하나는 천외신계로부터 본 문을 지키는 것이오."

모두들 비룡은월문이 해산하게 될 것이라고 짐작했다. 천외신계에게 저항한다는 것은 말 그대로 계란으로 바위를 때리는 격이기 때문이다.

여기에서 화운룡은 과거 한 번도 해본 적이 없는 방법을 꺼내 들었다.

"모두 눈감으시오."

느닷없는 말에 다들 의아한 표정을 지었으나 화운룡이 묵묵히 기다리고 있자 모두들 서로의 얼굴을 쳐다보다가 하나둘씩 눈을 감았다.

화운룡은 모두 눈을 감은 것을 확인한 후에 잔잔한 목소리로 말했다.

"천외신계와 싸워서 본 문을 지켜야 한다고 생각하는 사람은 손을 드시오."

손을 들라고 하는데 이런 식의 경험은 한 번도 없는 중인들이라서 흠칫 당황했다.

화운룡은 아무 말도 하지 않고 기다렸다. 두 번, 세 번 말하지 않아도 다 알아들었을 것이다. 이들이 놀라움을 가라앉힐 때까지 기다리면 될 일이다.

그렇게 열 호흡이 지날 때까지 아무도 먼저 손을 드는 사람이 없었다.

그러다가 조무철과 감형언이 갑자기 손을 들었다. 조심스럽게 드는 것이 아니라 힘껏 번쩍 들었다.

화운룡은 장하문이나 원종이 먼저 손을 들 것이라고 예상했는데 뜻밖이었다.

뒤이어 원종과 장하문이 손을 들었으며 숙빈, 감중기, 도도, 조연무, 전중이 차례로 손을 들었다.

잠시 후에 화운룡을 제외한 이십이 명 중에서 손을 든 사람은 십팔 명이고 들지 않은 사람은 네 명뿐이다.

"눈을 뜨시오."

화운룡의 말에 모두 눈을 뜨고 사람들을 둘러보며 누가 손을 들고 누가 들지 않았는지 확인했다.

손을 들지 않은 네 명은 공교롭게도 오대의 비룡검대를 제외한 네 개 대의 부대주들이다.

네 명의 부대주들은 모두 손을 들었는데 자신들만 손을 들지 않았다는 사실에 충격을 받은 표정을 지었다가 곧 얼굴이 부끄러움으로 물들었다.

장하문 등 몇 명을 제외한 대부분의 사람이 손을 들지 않은 네 명의 부대주들을 겁쟁이라고 꾸짖는 듯한 표정으로 쳐다보았다.

"손을 내리시오."

손을 내리게 한 다음에 화운룡은 조용한 목소리로 말했다.

"절반이 넘는 쪽을 선택하려고 했소. 이십이 명 중에 십팔 명이 찬성했으므로 이제부터 본 문은 천외신계로부터 저항하는 것으로 결정하겠소."

손을 들지 않은 네 명은 부끄러움 때문에 고개를 숙였다.

"대주와 부대주들은 돌아가서 대원들에게 천외신계에 대해서 설명을 해주고 나서 방금 우리가 했던 것처럼 선택의 기회를 주시오."

그의 말에 다들 놀라는 표정을 지었다. 방파나 문파의 수장이 뭔가를 결정하면 문하제자들이나 수하들은 무조건 따르는 것이 상식인데 화운룡이 비룡은월문 전원에게 선택권을 주었기 때문이다.

화운룡은 자신의 뜻을 짧게 밝혔다.

"누구에게나 목숨은 소중하오."

비룡은월문 전원이 남아서 천외신계에 결사항전을 하겠다는 기적 같은 일은 일어나지 않았다.

화운룡이 지켜보는 상황에서 이십이 명 중에 십팔 명이 천외신계에 맞서 싸우자고 손을 들었지만, 사람들은 보이지 않는 곳에서 자신들의 감정에 충실한 선택을 했다.

비룡은월문 총원 육백여 명 중에서 무려 사백여 명이 떨어져 나가는 충격적인 일이 벌어졌다.

그럴 것이라고 예상한 사람은 화운룡 혼자뿐이다. 장하문조차도 떨어져 나가는 사람이 많아야 백 명 내외일 것이라고 추측했다가 큰 충격을 받았다.

각 대의 대주들은 그런 사실을 화운룡에게 보고하면서 자신들의 잘못인 양 고개를 들지 못했다.

"어차피 오합지졸들이라서 별 도움은 되지 못하는 사람들이었지만 실망이 큽니다."

장하문은 착잡한 얼굴로 중얼거렸다.

"그들을 어떻게 합니까?"

"석 달 치 녹봉을 줘서 보내주게."

"주군."

장하문은 속상한 듯한 표정을 지었다. 떠나겠다는 자들에게 녹봉을 석 달 치나 주라고 하는 화운룡의 너그러운 마음을 이해할 수가 없기 때문이다.

만약 화운룡이 팔십사 세까지 살다가 온 노인이 아니었다면 석 달 치 녹봉을 미리 주는 일 따윈 절대로 일어나지 않을 것이고 장하문보다 더 펄펄 날뛰었을 것이다.

그러나 화운룡은 어느 누구보다도 인생이라는 것과 인간사라는 것에 대해서 잘 알고 있었다.

사람의 가장 큰 목적은 잘 사는 것이다. 사는 것, 즉 목숨이 붙어 있어야 그것을 이룰 수가 있었다.

"그들은 우릴 배신한 것이 아냐."

"배신이 아니면 뭡니까?"

이십오 세의 젊은 장하문은 목에 핏대를 세웠다.

"살려고 떠나는 것은 배신이 아냐. 몸부림이지."

"주군께선 속도 좋으십니다."

화운룡이 넌지시 말했다.

"나도 자넬 배신했잖은가?"

"언제 말입니까?"

장하문은 의아한 표정을 지었다.

"내가 자네의 원대한 꿈을 짓밟았으니까 말이야."

화운룡은 천하제일인이 되어 천하무림을 제패하는 꿈을 이루었지만 장하문은 그러지 못했다고 말하는 것이다.

"저도 거기에 있었잖습니까?"

"있었지."

"그럼 됐지 않습니까?"

장하문은 지금부터 사 년 반 후에 화운룡을 만나서 죽을 때까지 그의 군사로서 활약하게 된다. 그러니까 화운룡과 같이 천하무림을 제패했다는 뜻이다.

"그건 자네가 아니잖은가."

장하문은 미소 지었다.

"여기에 있는 장하문과 미래에 있는 장하문은 같은 사람입니다. 장차 무슨 일이 있었는지 주군께 다 들었으니까 저도 그걸 알고 있는 겁니다."

화운룡은 고개를 끄떡였다.

"자네 말이 맞네."

원종은 두 사람이 나누는 선문답 같은 대화를 눈도 깜빡이지 않고 진지하게 들었다.

특히 '여기에 있는 장하문과 미래에 있는 장하문은 같은 사람'이라는 것과 '장차 무슨 일이 있었는지 주군께 다 들었다'라는 대목에 유의했다.

그렇지만 두 사람의 의미심장한 대화는 거기에서 끝나서 원종을 아쉽게 했다.

"복안이 있으십니까?"

장하문의 물음에 화운룡은 원종을 쳐다보았다.

"너는 지금 즉시 출발해라."

"그래도 괜찮으시겠습니까?"

문하제자들이 사백 명이나 떠나는 판국에 원종마저 없어도 괜찮겠느냐는 뜻이다.

"네가 몽개를 내게 보내고 광덕왕의 배후에 대해서 조사한 내용을 갖고 내가 앞으로 어떻게 해야 할 것인지 결정을 내릴 것이다."

"알겠습니다."

원종은 탁자 앞에 앉아 있는 화운룡에게 다가와 공손히 무릎을 꿇었다.

"다녀오겠습니다."

"장방(賬房: 경리부)에 들러서 노자를 넉넉하게 받아 가라."

"그러겠습니다."

화운룡은 장하문과 함께 의원인 호민원으로 가서 당평원이 혼자 사용하고 있는 삼 층 의방으로 올라갔다.

척!

당평원이 누워 있는 침상 옆에 앉아 있던 당한지가 방으로 들어서는 화운룡을 발견하고 깜짝 놀라 벌떡 일어섰다.

"아… 화 상공."

"문주는 어떠시오?"

"많이 좋아졌어요."

"어디 봅시다."

화운룡은 이불을 걷고 당평원의 옆구리와 어깨에 붙인 피 묻은 천을 떼어내고 상처를 자세히 살폈다.

처음에 끔찍했던 상처는 이틀이 지나고 있는 지금 벌써 아물기 시작했다.

당한지가 옆에서 지켜보며 작게 감탄했다.

"화 상공이 발라준 것은 처음 보는 금창약인데 약효가 훌륭해요. 상처가 벌써 아물고 있어요."

장하문이 설명했다.

"주군께서 손수 만드신 절명고라는 약이며 아무리 극심한 상처라도 보름만 바르면 새살이 돋아나오."

"아……"

당한지는 최초에 화운룡이 당평원을 치료할 때 그녀로선 생전 한 번도 본 적이 없는 의술 도구들을 사용하고, 더구나 상처를 베고 째며 할술(割術: 수술)이라는 놀라운 의술을 발휘하여 부친의 다친 내장을 치료하는 광경을 보고 자신의 눈을 의심할 정도로 대경실색했다.

과연 그렇게 해서 죽어가는 부친을 살릴 수 있을까 반신반의했는데 부친은 하루가 지나기도 전에 위험한 고비를 넘겨 맥박과 호흡이 정상으로 돌아왔다.

다 죽어가던 당한지도 거뜬하게 살렸던 화운룡이 그녀보다 더 심한 상태인 당평원마저 여보라는 듯이 살려내니 그녀는 그저 감탄을 거듭할 뿐이다.

화운룡은 따라 들어온 의녀가 들고 있는 쟁반에 놓여 있는 탕약 그릇을 가리켰다.

"나중에 이것을 복용시키시오."

이 탕약은 화운룡이 처방한 약재이며 첫날부터 당한지가 숟가락으로 약을 떠서 부친의 입에 흘려 넣어주었다.

당한지가 탕약 그릇을 들자 의녀가 당평원 상처에 절명고를 고루 바르고 깨끗한 새 천을 붙여주었다.

당한지는 자신과 오라비 당검비에 이어서 부친까지 화운룡이 직접 치료해서 살려준 것에 대하여 뭐라고 표현할 방법이 없을 만큼 고마워하고 있었다.

화운룡이 문으로 걸어가자 당한지가 불쑥 말했다.

"아버지."

화운룡이 걸음을 멈추고 뒤돌아보자 당한지는 눈을 감고 있는 당평원에게 간곡한 표정으로 말했다.

"아버지께서 직접 화 상공에게 뭐라고 말씀해 보세요."

사실 당평원은 깨어 있었지만 당한지하고는 별다른 대화를 나누지 않았다.

딸의 말을 듣지 않고 고집을 부렸다가 이 지경이 됐으니 아비로서 무슨 말을 하겠는가.

그런데다 갑자기 화운룡이 들어오자 더욱 면목이 서지 않아서 줄곧 눈을 감고 있었던 것이다.

원래 화운룡은 당평원을 치료하러 왔지만 만약 그가 깨어 있다면 중요한 대화를 나누려고 했다.

당한지의 말에 당평원은 눈이 가늘게 떨리더니 이윽고 어쩔 수 없다는 듯 천천히 눈을 떴다.

화운룡은 침상 옆으로 돌아와서 그를 굽어보다가 시선이 마주치자 가볍게 고개를 끄떡였다.

"당신하고 긴히 할 얘기가 있는데 괜찮겠소?"

당평원은 화운룡의 시선을 외면하고 아무 말도 하지 않았다.

그가 수치심 때문에 이런다는 것을 아는 화운룡은 씁쓸한 표정을 지었다.

"나하고 말하기 싫다면 그냥 가겠소."

싫다는 사람을 붙잡고 통사정을 하는 것은 화운룡의 성격이 아니다.

그가 몸을 돌리자 당평원이 꽉 잠긴 목소리로 말했다.

"무슨 말을 한다는 건가?"

당평원보다 사십 년이나 세상을 더 산 화운룡으로서는 이런 줄다리기 같은 상황이 마뜩잖지만 어쩔 수가 없었다. 사십 년 더 살았다고 해서 모든 일이 만사형통하는 것은 아니다.

화운룡은 당평원에게 백 마디 말을 하는 것보다 북칠이팔을 직접 보여주는 것이 나을 것이라고 생각했다.

"그자를 데려오게."

화운룡의 지시에 장하문이 밖에 나갔다가 반각쯤 후에 여전히 잠혼백령술에 제압된 상태인 북칠이팔을 어깨에 메고 들어와 침상 옆 의자에 앉혔다.

"이자를 본 적이 있소?"

고개조차 제대로 움직이지 못하는 당평원은 곁눈질로 북칠이팔을 보려고 애쓰더니 미미하게 고개를 저었다.

"모르겠네."

"소녀가 이 사람 알아요."

그런데 당한지가 그를 자세히 살피더니 가볍게 놀라는 표정을 지었다.

"누구냐?"

"숭무문 총교두(總敎頭) 곤유산(坤柳山)이라는 사람이에요. 아버지, 모르시겠어요?"

당한지는 당평원을 조심스럽게 일으켜서 비스듬히 눕는 자세를 취하여 북칠이팔을 볼 수 있도록 해주었다.

비로소 북칠이팔을 제대로 보게 된 당평원이 상처가 아픈지 얼굴을 찡그리며 중얼거렸다.

"이 사람이 왜 여기에 있는 겐가?"

숭무문은 태사해문이 규합한 이십삼 개 방, 문파 중에 하나이고 지난 오 년 동안 곤유산이라는 가명으로 행동했던 북칠이팔은 숭무문의 이인자인 총교두이므로 당평원이나 당한지가 알 만한 인물이다.

화운룡은 북칠이팔의 입으로 직접 듣게 하는 것이 좋겠다고 생각했다.

"그가 누군지 당신이 직접 물어보시오."

묻기만 하면 북칠이팔은 술술 털어놓을 것이다.

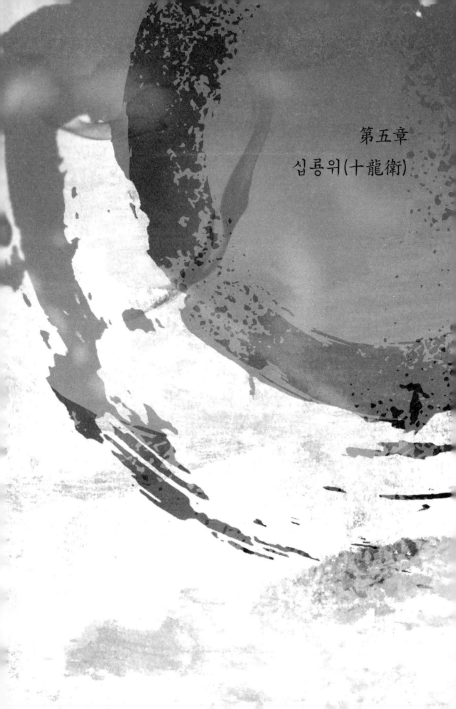

第五章

십룡위(十龍衛)

당평원은 자신이 중상을 입은 몸이라는 사실마저 망각할
정도로 경악했다.

"정말 네가 삼천계의 천외신계 수하라는 말이냐?"

"그렇습니다."

"이게 도대체……."

조금 전에 북칠이팔이 한 말의 내용은 화운룡에게 해준 것
과 한 치도 다르지 않고 똑같았다.

상상도 하지 못할 너무도 엄청난 일이라서 당평원과 당한지
는 제정신이 아니다.

"그런데 어째서 이자가 이렇게 순순히 실토하는 건가?"

당평원이 이상하게 생각하는 것도 무리가 아니다.

전설의 천외신계 고수라면 중원의 무림인들하고는 달라도 많이 다를 것이다.

그러니까 죽는 순간까지도 천외신계의 비밀이나 음모를 입도 벙긋하지 말아야 하는 것이다.

장하문이 대답했다.

"주군께서 이자의 정신을 제압했소."

"그게 무슨 말인가?"

"섭혼술의 일종이오."

장하문은 당한지를 가리켰다.

"의심스럽다면 낭자가 직접 주군의 잠혼백령술을 경험해 보는 것도 좋은 방법이오."

장하문이 자신을 쳐다보자 화운룡은 고개를 끄떡였다.

"괜찮네."

당한지는 호기심 가득한 표정을 지었다.

"그 수법에 제압되면 어떻게 되죠?"

"응구첩대(應口輒對)할 것이오."

묻는 대로 알고 있는 내용이나 속마음을 숨김없이 꼬박꼬박 대답한다는 뜻이다.

당한지는 안색이 변해서 손사래를 쳤다.

"소녀는 그런 거 하기 싫어요."

십팔 세 소녀의 속마음이 얼마나 오묘하고 복잡한 것인데 그걸 다 털어놓는다는 말인가. 말도 안 된다. 상상만 해도 소름이 끼쳤다.

화운룡이 넌지시 말했다.

"몸에 해롭지는 않소."

"그래도 싫어요."

당한지는 말도 꺼내지 말라는 듯 목소리가 앙칼지게 변했다.

경험이 풍부한 당평원은 그런 섭혼술이 존재한다는 사실을 알고는 있지만 그것을 젊은 화운룡이 시전한다니까 믿기 어려운 것이다. 하지만 상황이 이렇게까지 되니까 믿지 않을 수도 없었다.

화운룡이 조용히 물었다.

"사해검문의 총당주는 어떤 인물이오?"

북칠이팔은 조금 전에 태극신궁 총관과 사해검문 총당주가 천외신계 인물이라고 말했다.

화운룡의 물음에 당평원은 퉁명스럽게 대답했다.

"그는 내가 가장 믿는 최측근일세."

"아버지."

당한지가 그를 책망했다. 상황이 이렇게까지 됐는데도 당평원이 엇나가고 있다는 뜻이다.

"그를 안 지 몇 년이나 됐소?"

당평원은 조금 누그러진 목소리로 대답했다.

"오 년이 다 돼가네."

"천외신계가 중원에서 음모를 꾸민 것이 오 년 전부터였다고 들었소. 그를 어떻게 알게 됐소?"

당평원이 우물거리는 것이 답답한지 당한지가 대답했다.

"아버지의 막역한 친구한테 소개받은 것으로 알고 있어요."

"그 친구가 누구요?"

"형산파(衡山派) 이 장로이신 기현자(寄賢子)예요."

형산파 기현자는 안휘성과 강소성 일대에서는 가장 명망이 높은 정파의 명숙 중에 한 사람이다.

화운룡은 가볍게 미간을 좁혔다. 그는 기현자에 대해서 잘 알고 있었다.

현재는 이 장로지만 십여 년 후에는 형산파 장문인이 된다. 물론 나중에 형산파도 화운룡에게 복종한다.

"기현자는 나이가 육십오 세요."

당평원이 툭 내뱉었다.

"나이가 무슨 상관인가? 나는 마음속으로 기현자를 대형으로 모시고 있지만 그분은 친구를 고집하시네."

화운룡이 북칠이팔에게 물었다.

"기현자를 아느냐?"

"압니다. 그는 본 계의 황성(黃星)입니다."

황성이면 최하위 녹성보다 두 등급 높다.

화운룡이 어떠냐는 듯 당평원을 쳐다보자 그는 부르르 떨면서 죽일 듯이 북칠이팔을 노려보았다.

"이 죽일 놈아, 기현자가 어떤 분인 줄 알고 함부로 혀를 놀리는 것이냐?"

"진정하시오."

"나더러 진정하라고? 내가 천하에서 가장 존경하는 분이 천외신계 사람이라고 모함을 하는 말을 듣고서 어떻게 진정한다는 말인가?"

"이자는 사실을 말할 뿐이오."

"헛소리!"

당평원은 발칵 화를 내다가 피를 한 움큼 토하고는 신음 소리를 냈다.

"으으……."

"아버지!"

당한지는 부친이 답답하기도 하고 측은하기도 하여 얼른 그를 부축하고는 입의 피를 닦아주었다.

상황이 이렇게까지 됐는데도 기현자를 감싸는 부친이 답답하기도 하지만 가장 존경하고 믿었던 기현자가 천외신계 사람이라는 사실을 인정할 수가 없어서 몸부림치는 부친이 측은하기도 한 것이다.

"그만둡시다."

결국 화운룡이 먼저 포기했다. 그가 봤을 때 당평원은 대화를 할 자세가 되어 있지 않았다. 지금이 아니더라도 나중에 얘기할 수 있었다. 그때가 되면 그도 생각이 있는 사람인데 생각이 정리될 터이다.

"당신처럼 우둔한 사람하고 우리도 살고 사해검문도 같이 살려는 방법을 모색하려던 내가 어리석었소."

당평원의 얼굴이 일그러졌다.

그가 문을 향해 걸어가자 당한지는 크게 당황해서 그와 부친을 번갈아 쳐다보았다.

입에서 줄줄 피를 흘리고 있는 당평원은 착잡한 표정으로 화운룡의 뒷모습을 쳐다보고 있었다.

당한지는 절망했다. 천외신계 북칠이팔의 실토에 의하면 사해검문은 지난 오 년 동안 천외신계의 허수아비 노릇만 했으며 당평원은 꼭두각시였다.

그녀가 봤을 때 북칠이팔이 거짓말을 하는 것 같지는 않았다. 이건 냉엄한 현실이다.

이대로라면 당평원과 당한지, 당검비를 비롯한 이곳에 있는 사해검문 고수들은 돌아갈 곳이 없었다.

남경의 사해검문이 오래전에 천외신계 수중에 떨어졌다는 사실을 뻔히 알면서 고수들을 이끌고 그곳으로 다시 돌아갈 수는 없는 것이다.

그것도 그렇지만 당평원이 본의 아니게 앞장서서 천외신계 앞잡이 노릇을 하는 바람에 남경을 중심으로 강소성 남쪽 지역의 많은 방파와 문파들이 사해검문, 아니, 천외신계 수중에 들어갔는데 거기에 대한 책임이 당평원에게 있었다.

이대로라면 당평원은 죽어서도 눈을 감지 못할 것이다.

"잘못했네."

북칠이팔을 어깨에 멘 장하문이 열어주는 문으로 막 나가려는 화운룡 뒤에서 당평원이 불쑥 말했다.

"얘기를 계속하세. 다시는 그러지 않겠네."

당평원의 말에 화운룡은 다시 침상으로 걸어가고 장하문이 북칠이팔을 다시 의자에 앉히면서 주의를 주었다.

"한 번만 더 그러면 얘기는 끝이오."

이십오 세 장하문이 사십구 세 당평원에게 따끔하게 주의를 주었다.

당평원은 원론적인 질문을 했다.

"이제 어떻게 하면 되나?"

천외신계가 사해검문을 장악했다면 어느 정도나 장악했으

며, 누가 천외신계이고 사해검문 내의 누가 그들의 주구가 되었는지에 대해서도 전혀 알지 못하는 당평원으로서는 어디에서부터 어떻게 손을 써야 할지 깜깜했다.

현재로써 깜깜하긴 화운룡도 마찬가지다.

그러나 그가 당평원과 다른 것이 있다면 그와는 비교도 할 수 없을 정도의 풍부한 경험과 해박한 지식, 드러나지 않은 엄청난 인맥, 공력만 회복하면 공전절후의 위력을 발휘할 여러 절학들을 지니고 있다는 사실이다.

그리고 당평원은 십생(十生)을 산다고 해도 흉내조차 내지 못할 올곧은 좋은 성품들을 화운룡은 지니고 있었다.

화운룡은 북칠이팔에게 물었다.

"천외신계 사람을 식별할 수 있느냐?"

"있습니다."

기대하지 않고 물었는데 뜻밖에도 북칠이팔은 천외신계 사람을 식별할 수 있다고 대답했다.

"어떻게 하면 아느냐?"

"저는 목 뒤에 녹성문(綠星紋)이 있습니다."

화운룡은 즉시 북칠이팔의 목 뒤의 옷을 조금 내리고 살펴보니 정말 새끼손톱 크기의 뚜렷한 하나의 녹색 별 모양 문신 같은 것이 있었다. 그것을 녹성문이라고 하는 것 같았다.

"녹성문이 왜 있느냐?"

북칠이팔은 자신이 알고 있는 것들을 시시콜콜 다 얘기한 것은 아니라 묻는 말에만 대답했다.

그걸 다 얘기하자면 몇 날 며칠 밤을 새워야 할 것이다. 그래서 중요한 대략적인 것들만 설명했다.

"천외신계 사람들은 태어날 때부터 자신의 신분이 정해지는데 그것이 성문(星紋: 별 모양)입니다."

"그렇다면 녹성 바로 위 등급인 백성은 목 뒤에 백성문(白星紋)이 있느냐?"

"그렇습니다."

북칠이팔은 멍한 눈빛으로 대답했다.

그가 묻는 말에만 대답을 하기 때문에 화운룡은 포괄적으로 질문했다.

"천외신계 사람들을 나타내는 성문이나 문양에 대해서 전부 설명해라."

그래서 듣게 된 북칠이팔의 설명에 의하면 천외신계에는 크게 나누어서 세 부류의 종족이 있다.

여황 일족과 제자, 좌우호법 일가가 천황족이다.

'초'부터 '존'까지 세 등급 신조삼위는 천신족(天神族).

'금'부터 '녹'까지 색성칠위는 천외족(天外族)이다.

색성칠위, 즉 천외족의 목 뒤에는 태어나면서부터 각 등급에 해당하는 성문이 새겨져 있었다.

금족(金族)이면 금성문(金星紋)이, 흑족(黑族)이면 흑성문(黑星紋)이라는 식이다.

천외족의 각 족속은 성문의 개수로 다시 계급이 나뉜다. 녹성문이 하나면 하급이고 두 개면 중급, 세 개면 상급, 네 개면 특급이다.

하급은 녹성고수라고 하며 최일선에서 전투를 담당하고, 중급은 백 명의 녹성고수를 거느리며, 상급은 천 명, 특급은 만 명의 우두머리다.

일례로 녹성족에는 최상위 특급이 다섯 명뿐이다.

별 모양 색성칠위 위의 세 등급 신조삼위 천신족은 초신(超神), 절신(絶神), 존신(尊神)이고 그들의 목 뒤에는 새의 문양인 조문(鳥紋)이 새겨져 있으며 자세한 문양은 알지 못한다.

북칠이팔의 설명이 끝나자 당한지가 고개를 살래살래 가로저었다.

"매우 복잡하군요."

"복잡할 거 없소."

장하문이 일축했다.

당한지가 입을 삐죽거리는 걸 힐끗 보며 장하문이 설명했다.

"맨 위는 여황 일족과 제자, 좌우호법인 천황족이 있으며, 그 아래 세 등급 신조삼위는 천신족으로 목 뒤에 새 모양이 있고, 그 아래 일곱 등급 색성칠위는 각 색깔의 성문이 새겨져 있소. 그리고 성문의 많고 적음 개수로 각 종족의 계급이 정해지는 것이오."

장하문은 북칠이팔을 보며 고개를 끄떡였다.

"우린 뜻밖에도 천외신계의 최하급 녹일성(綠一星)에게서 많은 정보를 얻었소."

"녹일성은 뭐죠? 그런 것도 있었나요?"

"목 뒤에 녹성문이 하나 있어서 내가 그리 부른 것이오. 두 개 있으면 녹이성(綠二星)이오."

당한지가 어이없는 표정을 지었다.

"그러지 않아도 복잡해서 외우기 어려운데 이상한 이름 자꾸 만들지 마세요."

장하문은 고개를 갸웃거렸다.

"이게 복잡합니까?"

"그럼 복잡하지 않나요?"

당평원이 아픈 듯 얼굴을 찡그리며 중얼거렸다.

"지아, 너는 신기서생이라는 별호를 들어본 적이 있느냐?"

"그는 천하제일수재라는 태극신궁의 책사가 아닌가요?"

당평원은 장하문을 쳐다보았다.

"이 사람은 누구냐?"

"그야 비룡은월문의 군사……."

말하다가 당한지는 흠칫하며 뭔가 짚이는 것이 있는 듯한 표정을 지었다.

"설마 이 사람이……."

당한지는 눈을 동그랗게 뜨고 장하문을 쳐다보았다.

"당신이 신기서생인가요?"

"그렇소."

"아아……."

당한지는 믿을 수 없다는 표정을 지으며 그를 바라보았다.

천하제일수재 신기서생이라면 천외신계의 족보 따위를 갖고 복잡하다고 할 리가 없다.

신기서생을 앞에 두고 복잡하니 마니 떠들었으니 당한지는 그저 부끄러울 뿐이었다.

화운룡은 의자에 앉았다.

"자, 이제 얘기를 해봅시다."

      *   *   *

이십 일이 지났다.

당평원과 태사해문 고수들이 쳐들어왔다가 대패한 다음 날부터 비룡은월문은 성문을 활짝 열고 여느 때와 다름없이 정상적인 생활과 업무에 들어갔다.

이십 일 사이에 몇 가지 크고 작은 변화가 있었다.

가장 큰 변화는 비룡은월문에서 정확하게 사백십사 명의 문하제자가 짐을 싸서 떠났다는 사실이다.

이제 비룡은월문은 백팔십이 명만이 남았다. 며칠 사이에 중견문파에서 소문파가 되었다.

그리고 치료가 끝나 활동이 자유로워진 당평원을 비롯한 부상자들과 뇌옥에 갇혀 있던 사해검문 고수들이 풀려나 모두 한꺼번에 남경으로 떠났다.

또한 무사히 북경에 도착한 원종이 개방의 장로 몽개가 북경을 출발하여 비룡은월문으로 출발했다는 내용의 서찰을 전설의 집단 비응신을 이용해서 보내왔다.

당한지와 당검비가 비룡은월문에 남았다.

두 사람은 화운룡이 팔룡이위에게 무공을 가르치는 것을 거의 매일 지켜보더니 자신들도 팔룡이위에 넣어달라고 간곡하게 부탁했다.

당평원과 긴밀한 대화 끝에 서로 협조하기로 맹약을 맺었던 화운룡으로서는 당한지와 당검비를 거부할 이유가 없었다. 자질이 뛰어난 젊은이를 한 명이라도 더 확보하는 일은 바람직한 일이다.

그래서 두 사람이 영입되어 팔룡위는 십룡위(十龍衛)로, 창천과 보진을 포함하여 십룡이위가 되었다.

그리고 마지막으로 화운룡이 전혀 원하지 않았으나 받아들

일 수밖에 없는 일이 생겼다.

그가 비룡은월문 문주의 자리에 오른 것이다.

*　　　　　*　　　　　*

장하문은 비룡은월문의 다섯 개의 대, 즉 오검대(五劍隊)를
재정비하지 않고 그대로 유지하기로 했다.

오검대 중 비룡검대에서는 단 한 명도 빠져나간 사람이 없
었다.

반면에 은월검대에서 가장 많은 사람이 떠났다.

지위와 무공이 높은 사람일수록 남는 비율이 높았고, 그 반
대의 사람들이 대거 떠났다.

그랬으므로 사백 명 이상이 떠났는데도 불구하고 비룡은월
문 전체 전력은 절반 정도 유지가 됐다. 무공이 높은 사람들
이 남아준 덕분이다.

그렇다고 해서 남은 사람들이 고마워 지위를 상승시키고
녹봉을 더 올려주는 일은 하지 않았다.

그러는 것은 누구나 할 수 있는 일이기 때문에 장하문은
긴 안목을 보고 남은 사람들이 장차 더 고강해지고 행복해지
며 보람을 맛볼 수 있는 길을 선택했다.

장하문은 점심 식사 이후 날이 어두워질 때까지 오검대의 대주들에게 무공을 가르쳤다.

 그는 군사지만 교두(敎頭) 역할까지 했다. 물론 그가 가르친 무공은 화운룡이 만든 비룡은월문의 성명무공들이다.

 비룡은월문이 한시바삐 소수 정예화 되어야 하기 때문에 마음이 급한 그는 오검대의 대주들을 쉴 새 없이 닦달해서 각 검대에게 할당된 무공을 가르쳤다.

 이런 식으로 대주들이 각 무공의 대목을 충분히 숙지하고 연마하고 나면 본대의 무사들에게 가르치는 방식이다.

 장하문이 바빠서 진도가 나가지 않으면 가르칠 것이 없는 대주들은 그동안 배운 것들을 대원들과 함께 연마한다.

 장하문이라고 예습하지 않고 대주들에게 무공을 가르칠 수 있는 것은 아니었다.

 그는 혼자서 오검대 각각의 무공들을 충분히 예습, 숙지한 후에 대주들에게 가르친다. 그러다 보니까 그는 오검대의 무공들을 두루 다 알게 되었다.

 땀범벅인 장하문이 목욕을 하고 나니까 술시(밤 8시경)가 훌쩍 넘었다.

 그는 용황락 내에 있는 자신의 거처인 신기전(神奇殿)에서 나와 호숫가를 따라 운룡재로 향했다.

 화운룡과 옥봉을 위해서 지어진 용황락에는 도합 여덟 채의 건물들이 있으며 그중 하나가 신기전이었다.

용황락의 정중앙을 차지하고 있는 인공 호수는 둘레 사백 장 규모의 타원형에 구불구불한 아름다운 모양이며, 호수 한복판에 있는 오 층 누각 옥봉루를 비롯하여 다른 일곱 채들 모두 호수 둘레 호숫가와 야트막한 인공 가산 아래에 자리를 잡고 있다.

장하문의 거처인 신기전 역시 호숫가에 있으며 화운룡이 직접 설계했다.

삼 층으로 아담하지만 갖출 것은 다 갖추었으며 그에게 딸린 숙수와 하녀, 호위무사들까지 함께 지낼 수 있었다.

장하문은 화운룡의 최측근이지만 장하문 나름대로 측근을 구성하고 있다.

운룡재 내의 일 층에 있는 연무장에서는 술시인데도 화운룡과 십룡이위들이 일심동체가 되어 땀범벅 속에서 무공 연마를 하고 있는 중이다.

무더운 한여름 밤이라서 양쪽의 창을 다 열었는데도 무공 연마를 하는 십룡이위의 체열과 거친 호흡 때문에 연무장 안은 찜통이나 다름이 없었다.

장하문은 방해하지 않고 한쪽의 탁자 앞 의자에 앉아서 화운룡이 십룡이위를 가르치는 광경을 지켜보았다.

처음에 화운룡이 십룡이위를 가르치는 방식과 장하문이 오검대 대주들을 가르치는 방식은 크게 달랐다.

그렇지만 지금은 거의 비슷해지고 있다. 지금처럼 화운룡이 가르치는 모습을 지켜본 장하문이 좋은 점들을 발췌해서 오검대 대주들을 가르칠 때 응용한 덕분이었다.

그렇기 때문에 장하문은 지금처럼 화운룡을 기다리는 시간을 지루하게 생각하지 않는다. 그보다는 매우 유용하게 활용하고 있었다.

결국 건시(乾時: 밤 9시경)가 다 돼서야 화운룡과 십룡이위의 무공 연마가 끝났다.

십룡이위는 땀범벅에 극도로 지쳤지만 얼굴에는 생기가 넘쳤으며 눈빛은 새싹처럼 파릇했다.

표정만으로도 십룡이위가 화운룡에게 무공을 직접 배우는 시간이 얼마나 기쁘게 여기는지 알 수 있을 정도다.

십룡이위는 무공 연마가 끝나고 화운룡에게 공손히 경례를 올린 후에 다들 씻으러 가면서도 오늘 배운 무공에 대한 대화를 나누느라 여념이 없었다.

그들의 무공에 대한 열성은 가르치는 화운룡도 놀랄 정도로 대단했다.

화운룡을 위시한 최측근들이 모두 인공 호수 가운데의 옥봉루 삼 층 소연회실에 모였다.

십룡이위는 오늘 밤의 연회가 당한지와 당검비 남매에 대한 뒤늦은 환영회라고 짐작했다.

길쭉한 타원형의 탁자에는 미주가효가 가득 차려졌으며 상좌에는 화운룡이, 그리고 양쪽으로 장하문과 도도의 순서로 십룡이위가 여섯 명씩 마주 보고 앉았다.

군사인 장하문이 화운룡 최측근에 앉는 것은 당연한 일이지만 도도가 앉아 있는 것은 의외의 상황인데 아무도 이상하게 생각하지 않았다.

당한지와 당검비를 제외한 모두들 도도가 화운룡의 몸종이었으며 그녀가 화운룡 가까이에 앉는 이유가 순전히 그의 시중을 들기 위해서라는 사실을 알고 있기 때문이다.

팔룡이위는 당한지와 당검비가 합류하는 것에 대해서 대놓고 불만을 드러내지 않았으며 일상생활에서도 두 사람을 따돌리는 행동을 하지 않았다.

그렇다고 해서 두 사람을 유난히 반기면서 알뜰하게 챙겨주려는 사람도 없었다.

말하자면 팔룡이위는 당한지와 당검비를 동료로 받아들이기는 했지만 아직 친구가 되지는 않았다는 것이다.

화운룡이 모두를 둘러보면서 말문을 열었다.

"오늘 이 자리는 당한지와 당검비 남매의 환영회다."

모두들 꼿꼿한 자세로 두 손을 앞에 모으고 화운룡을 주시하며 들었다.

"나는 너희 십룡이위 열두 명이 서로 친하게 잘 지내고 있는지 어떤지에 대해서는 전혀 관심이 없다."

화운룡이 관심이 없다는데도 제 발이 저린 열두 명은 가볍게 찔끔했고 장하문은 남몰래 미소를 지었다.

화운룡의 목소리가 잔잔하게 울렸다.

"너희들이 잘 지내고 있으면 다행이고 그렇지 않아도 나로선 어쩔 도리가 없다. 그런 것까지 내가 일일이 이래라저래라 할 수는 없는 것이다."

그는 정말로 그런 것에는 관심이 없는 것 같은 표정을 지어서 팔룡이위의 가슴을 울리게 만들었다.

하지만 그의 말에 팔룡이위는 당한지와 당검비에게 정말로 잘해줘야겠다고 뼈저리게 반성하고 또 결심했다.

화운룡이 손가락 하나를 세웠다.

"이제부터 시험을 보겠다."

갑자기 화제를 바꾸어서 시험을 본다니까 모두들 매우 긴장하면서 침을 꿀걱 삼켰다.

"너희들은 지금부터 내일 정오까지 당한지와 당검비의 친구가 되도록 해라. 두 사람 입에서 누구누구와 친구가 됐다는 말이 나와야 진정한 친구가 되는 것이다. 그렇지만 두 사람의 친구가 되지 않아도 좋다."

화운룡은 당한지와 당검비를 십룡위에 합류한 후에도 두 사람이 팔룡위와 잘 섞이지 못하고 겉도는 것을 자주 목격했기에 특단의 조치를 취하는 것이다.

이제는 화운룡을 옛 정혼자라기보다는 사부처럼 여기는 숙빈이 조심스럽게 물었다.

"우리가 저 두 사람의 친구가 되는 것과 되지 않는다는 것이 뭐가 다른가요?"

"친구가 되는 사람은 내가 생사현관, 즉 임독양맥을 타통시켜는 시술을 해줄 것이고 그렇지 않은 사람은 제외다."

모두들 태풍 한복판 태풍의 눈에 앉아 있는 것처럼 좌중에 고요한 침묵, 아니, 정적이 흘렀다.

느닷없이 생사현관의 타통이라니, 설마 모든 무림인이 꿈속에서조차 갈망하는 그것을 화운룡이 시술해 줄 것이라고는 어느 누구도 예상하지 못했기에 다들 큰 충격에 정신이 멍해졌다.

이미 생사현관이 타통된 장하문과 보진, 창천은 화운룡의 의도를 깨닫고 빙그레 미소를 지었다.

화운룡은 장하문과 창천, 보진만이 아니라 십룡위 모두의 생사현관을 타통시켜서 막강한 십룡이위를 만들려는 것이다.

천외신계로부터 비룡은월문과 강소성 남쪽 지역을 지키려

면 그것이 첫걸음이다.

어리둥절하던 팔룡위는 장하문을 비롯한 세 사람의 미소를 발견하는 순간, 갑자기 머리에 번개를 직통으로 맞은 듯한 표정을 지었다.

요즘 무공 연마를 하다가 보면 보진과 창천의 무위가 얼마 전과는 다르게 어마어마하게 고강해져서 그 이유가 몹시 궁금했었는데 다들 이제야 깨달았다.

필경 화운룡이 보진과 창천의 생사현관을 타통시켜 준 것이 분명하다.

그래서 저 두 사람의 무공이 급증했으며 지금 저렇게 흐뭇하게 미소를 짓고 있는 것이다.

"아!"

"오……!"

십룡위의 입에서 탄성이 와르르 터져 나왔다.

화운룡의 말이 이어졌다.

"내 능력으로는 하루에 한 명밖에 생사현관을 타통시켜 줄 수가 없다. 그러니까 당한지와 당검비가 제일 먼저 친구로 인정한 사람이 첫 번째이고 그다음에는 친구가 된 순서대로 차례차례 해줄 생각이다."

화운룡은 십룡위 모두의 생사현관을 타통시켜 줄 생각이지만 기왕이면 도랑 치고 가재를 잡자는 생각이다.

또다시 정적이 흘렀다.

당한지가 손바닥으로 자신의 가슴을 가볍게 두드리며 화운룡을 쳐다보았다.

"그… 럼 저희는 언제 해주시죠?"

"너희 둘을 제일 먼저 해주겠다."

"아……."

당한지와 당검비 얼굴에 기쁨과 감격이 가득 떠올랐다.

두 사람은 다른 사람들처럼 아직 화운룡을 전적으로 믿지는 못하지만 정말 그의 말처럼 생사현관을 타통시켜 주기만 한다면 죽을 때까지 그의 종이 될 수도 있을 것 같았다.

그렇지만 당한지와 당검비가 다른 팔룡위를 보니까 그들은 화운룡의 말을 무조건 맹신하는 것 같았다.

그때 숙빈과 화지연이 슬그머니 자리에서 일어나 당한지와 당검비에게 다가가더니 옆자리에 앉았다.

"지 언니, 열여덟 살이라고 했었나요? 나는 화지연이라고 하는데 저기 있는 용 오라버니의 여동생이에요. 나는 열여섯 살이니까 이제부터 언니라고 부를게요."

"당신 이름이 검비라고요? 정말 멋진 이름이군요. 나는 숙빈이에요. 그런데 당신 몇 살이죠? 나보다 나이가 많으면 오라버니라고 불러도 되죠?"

화지연과 숙빈이 당한지와 당검비에게 상냥하게 미소 지으면서 술을 따르고 있을 때 그제야 한발 늦게 머리가 트인 나머지 육룡위가 우당탕 난리법석을 피우면서 당한지와 당검비에게 달려들며 아우성쳤다.

"지 매! 우리 아까 같이 검법 연마했잖아!"

"지 매! 점심 식사 때 내가 밥 퍼준 것 잊지 않았겠지?"

"당 형! 우핫핫! 우리 보자마자 의기상투했던 것 아니었소?"

화운룡과 장하문 등은 그 광경을 바라보며 빙그레 미소를 지었다.

화운룡은 어리둥절한 표정을 지으며 장하문에게 물었다.

"요즘은 술 마시면서 저러고 노는 건가?"

화운룡이 십룡이위에게 오늘 밤만큼은 신분과 예절에 구애받지 말고 마음껏 먹고 마시면서 실컷 즐기라고 말했더니, 몇 사람을 제외하곤 모두들 술에 잔뜩 취해 신바람이 나서 어깨동무를 하고는 노래를 부르고 춤을 추며 고성방가를 해대고 있는 중이었다.

홍청망청한 분위기에 어울리지 못하고 있는 사람은 화운룡과 장하문, 그리고 창천 세 사람뿐이다.

화운룡과 창천은 나이가 많아서 새파란 어린애들하고 어울려서 놀지 못하는 것이고, 장하문은 애당초 저렇게 노는 것 자체를 모르고 이날까지 자라왔다.

그의 삶이라는 것은 학문이 칠 할이고 무공 연마가 삼 할이니 놀 시간이 없었다.

"저도 모르겠습니다."

젊은이들이 어떻게 노는지 모르는 장하문은 씁쓸한 얼굴로 대답했다.

오늘 밤의 술자리는 두 부류로 나뉘었다. 탁자의 끄트머리 한쪽에서는 화운룡과 장하문, 창천 세 명이 오도카니 모여 앉아서 홀짝거리면서 술잔을 기울이고 있었다.

그리고 나머지 십룡과 보진 열한 명이 한데 모여서 손바닥으로 탁자를 두드리고 춤을 추면서 고래고래 목청을 돋우며 노래를 부르는데 더없이 흥겨운 광경이었다.

이때만큼은 당한지와 당검비도 다른 동료들과 함께 오랜 친구처럼 한데 어울려서 목에 핏대를 세우며 떠들어댔다.

그때 술에 취해서 벌건 얼굴이 된 도도가 비틀거리며 다가와서 화운룡의 손을 잡았다.

"주인님, 이리 오셔서 같이 어울려요."

술에 취하니까 그녀의 예전 호칭인 주인님이 흘러나왔다.

"나는 됐다."

"아이… 주인님, 그러지 말고 오세요."

많이 취한 도도는 두 손으로 힘껏 화운룡의 두 손을 잡아 끌며 아양을 떨었다. 맨 정신이라면 절대로 하지 못할 짓이다.

화운룡은 점잖게 사양했다.

"젊은 너희들이나 재미있게 놀아라."

'젊은 너희들'이라는 말에 도도가 목젖이 보일 정도로 입을 크게 벌리고 웃었다.

"하하하! 주인님은 이제 겨우 스무 살인데 노인네처럼 말씀하시는군요!"

팔십사 세 노인네 화운룡은 찔끔했다.

도도는 흥겹게 놀고 있는 무리를 가리켰다.

"저기 보세요! 중기 오라버니는 스물다섯 살이고, 연무 오라버니도 스물다섯 살이에요! 주인님보다 다섯 살이나 많지만 즐겁게 어울리고 있잖아요? 그런데 귀때기가 새파란 주인님께선 왜 자꾸 노인네처럼 구는 건가요?"

화운룡은 어이없는 표정을 지었다.

'귀때기가 새파래?'

이날까지 살면서 그런 저속한 말을 한 번도 들어본 적이 없는 그였다.

장하문이 은근히 거들었다.

"가보십시오, 주군."

"자네."

장하문은 미소를 지었다.

"스무 살이면 스무 살처럼 행동하셔야죠."

"그럼요. 군사님도 같이 가서 어울려요."

도도가 손을 덥석 잡자 장하문은 펄쩍 뛰었다.

"무슨 소리냐? 나는 빼줘라."

기회는 이때다 싶은 화운룡은 빙그레 웃으며 물귀신 작전으로 나갔다.

"하룡, 자네가 가서 어울리면 나도 가겠다."

"주군, 정말 이러시깁니까?"

화운룡은 겉모습이 비록 이십 세지만 속은 팔십사 세라서 젊은이들하고 한데 어울려서 덩실덩실 춤추고 고래고래 노래를 부르는 짓은 죽으면 죽었지 할 수가 없었다.

그럴 바엔 차라리 십절무황 시절로 되돌아가서 노인네 행세하는 게 백번 낫다.

그가 알고 있는 장하문은 기루에서 기녀가 손만 잡아도 기절할 정도의 샌님이었다.

지금도 도도가 손을 잡자 어쩔 줄 모른 채 허둥거리고 있지 않은가.

그러니까 그가 저기에 어울려서 춤추고 노래할 리는 절대로 없다는 것이 화운룡의 확신이었다.

"약속하셨습니다?"

그런데 장하문이 묘한 눈빛으로 쳐다보며 미소를 짓자 화운룡은 흠칫했다.

"뭐… 가 말인가?"

"제가 저기에 가서 어울리면 주군께서도 오셔서 같이 노시겠다고 말씀하신 것 말입니다."

"그거야……."

장하문이 벌떡 일어나서 와자하게 놀고 있는 사람들한테 성큼성큼 걸어가는 것을 보고 화운룡은 당황했다.

"하… 하룡, 이것 보게."

화운룡이 애타게 부르는데도 장하문은 뒤돌아보지 않고 똑바로 걸어가면서 오지게 어금니를 악물었다.

'이렇게 하는 것이 주군을 위하는 길이다. 회귀를 하셨는데도 언제까지 팔섭사 세 노인처럼 사실 수는 없는 일이다. 이십 세면 이십 세답게 행동하는 것이 주군의 행복이다.'

화운룡은 장하문이 걸어가면서 덩실덩실 춤을 추는 모습을 보면서 잔뜩 얼굴을 찌푸렸다.

'저 친구 날 끌어들이려고 아주 작정을 했군.'

장하문은 무리들과 섞여서 춤을 추며 화운룡을 돌아보며 소리쳤다.

"어서 오십시오, 주군!"

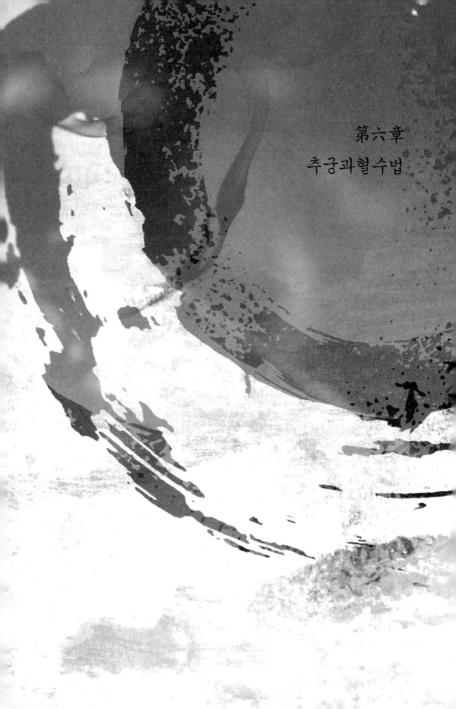

第六章

추궁과혈수법

간밤에 화운룡은 그야말로 고주망태가 됐다.

결론적으로 말하자면 어젯밤 술자리 이후 화운룡은 장하문을 비롯하여 십룡이위 모두와 한층 더 가까워졌다.

만약 도도가 손을 잡아끌지 않고 장하문이 위험한 내기를 하지 않았더라면 그런 일은 일어나지 않았을 것이다.

처음이 어려웠을 뿐이지 일단 어울리기 시작하니까 그다음부터는 아무 문제가 없었다.

화운룡이 속으로만 팔십사 세일 뿐이고 겉모습은 이십 세이기 때문에 십룡이위 아무도 그가 자신들과 어울려서 노는 것을 거북하게 여기지 않았다.

오히려 술자리에서만큼은 지위와 예의 따위를 일체 무시하고 같이 어울려 주는 훌륭한 주군이라고 다들 입을 모아서 칭송하느라 정신이 없었다.

그 덕분에 화운룡은 많은 것을 얻었다. 그리고 맞지 않은 옷을 입었을 때처럼 불편했던 노인네 같은 사고방식의 많은 부분을 떨쳐낼 수 있었다.

또한 그는 육십여 년 전 자신의 이십 대 시절을 돌이켜 생각할 수 있게 되었다.

그 당시의 그는 그야말로 질풍노도의 시기였다. 무극사신공을 오 성까지 터득했으므로 무림에서는 거의 무적이었고, 준수한 외모에 시원시원하고 호탕한 성격이며 술을 좋아했기에 가는 곳마다 만나는 사람마다 많은 영웅과 의기투합하여 인연을 맺을 수 있었다.

'나는 스무 살 파룻파룻한 청춘이다.'

그래서 그런 중대한 사실을 뼈저리게 깨달았다. 머리만이 아닌 몸과 마음으로 가득 가득 느끼고 깨달은 것이다.

가볍게 행동했기 때문에 수하들이 자신을 우습게 여기면 어떻게 하는가 하는 문제는 기우였다.

외려 다음날 수하들은 예전보다 그를 더욱 깍듯하게 대했으며 다만 그를 바라보는 눈빛이나 표정이 더욱 친근하고 끈

끈해진 것이 달라졌다.

장하문이 십룡위를 모아놓고 생사현관 타통이 어떤 것이며 어떤 과정을 거쳐서 진행되는지에 대해서 자세하게 설명하고 나서 말했다.

"원하지 않는 사람은 하지 않아도 된다."

생사현관을 타통하려면 추궁과혈수법으로 온몸을 맡겨야 때문에 그런 방법이 싫으면 하지 않아도 된다는 뜻이었지만 아무도 하지 않겠다고 나서지 않았다.

장하문의 말에 남자들은 태연한데 여자들은 묘한 표정을 지으며 얼굴이 붉어졌다. 그렇지만 하지 않겠다고 나서는 여자는 아무도 없었다.

십룡위의 여자는 숙빈과 벽상, 백진정, 화지연, 도도, 당한지 여섯 명이다.

여섯 여자는 각기 다른 신분이라서 화운룡이 자신들에게 추궁과혈수법을 전개할 것이라는 사실에 대해서 각기 다른 감정으로 받아들였다.

장하문은 팔룡위가 당한지와 당검비하고 진짜 친구가 됐는지, 됐다면 과연 누가 제일 먼저 생사현관을 타통할 사람인지를 확인했다.

어젯밤 그 난리법석을 치르는 와중에 당한지와 당검비하고 친구가 되지 못한 팔룡위는 아무도 없었다. 술은 모두를 완벽한 친구 사이로 만들어주었다.

당한지는 가장 먼저 친구가 되어준 화지연을 지목했다.

열여섯 살 제일 어린 막내 화지연은 아직도 입에서 술 냄새를 폴폴 풍기면서 당한지의 팔에 매달렸다.

"고마워요, 언니."

당검비는 고민하다가 남자 세 명에게 두루 포권을 하면서 미안하다고 말하고는 조연무를 선택했다.

"저기… 사형. 저 해도 괜찮아요?"

백진정이 장하문의 옷깃을 잡아끌어 조용한 곳으로 가더니 속삭이듯이 말했다.

"뭐가?"

백진정은 얼굴을 붉혔다.

"추궁과혈수법 말이에요."

"그게 어때서?"

백진정의 얼굴이 더 붉어졌다.

"주군께서 제 온몸을 구석구석 만질 텐데 괜찮겠느냐고 묻는 거예요."

"사매, 그거 할 수 없을 것 같아?"

"그게 아니라……"

백진정은 화운룡이 자신의 온몸을 만져도 정혼자인 장하문으로서 괜찮겠느냐고 물은 것인데 그는 그녀가 두렵거나 부끄러워하는 것이라고 잘못 알아들었다.

"보진도 했어. 그녀도 사매하고 같은 스물두 살이야. 그런데 사매가 왜 못 한다는 거지?"

"못 하는 게 아니라 사형이 괜찮겠느냐고 묻는 거예요."

장하문은 손으로 제 가슴을 쳤다.

"나야 괜찮지 않을 이유가 뭐가 있겠어."

백진정은 조금 서운한 표정을 지었지만 장하문은 그걸 발견하지 못했다.

"정 매, 자그마치 생사현관의 타통이라는 말이야. 그게 무슨 뜻인지 알아? 사매가 지금 사십 년 공력이니까 단번에 칠팔십 년 공력으로 증진하는 거야. 그뿐인 줄 알아? 생사현관이 타통되면 인생 자체가 완전히 달라지는 거야."

백진정이 처음에 장하문에게 물으려고 했던 것은 이게 아니었으나 생사현관의 타통으로 그녀의 공력이 단박에 칠팔십 년으로 급증한다는 사실에 그녀는 본론을 망각했다.

"그… 럼 소녀가 일류고수가 되는 건가요?"

"그래. 일류고수 중에서도 상급에 속할 거야."

"아… 정말 꿈만 같아요."

어쨌든 백진정은 자신이 화운룡의 손에 주물려진다고 해도 장하문은 아무렇지도 않을 것이라는 사실을 확인했다.

당한지는 아침 일찍 일어나서 깨끗하게 목욕을 하고 새로 산 산뜻한 홍의 경장을 입었다.

올해 십팔 세인 그녀는 일찍이 지금 이 순간처럼 긴장되고 흥분했던 적이 한 번도 없었다.

십룡위의 거처는 용황락 내의 운룡재 바로 옆 삼 층 전각인 용봉각(龍鳳閣)이다.

십룡위의 남자는 용, 여자는 봉이라고 해서 화운룡이 지은 전각명이다.

십룡위 각자에게 침실과 서재, 개인 연공실, 목욕실이 한데 있는 거처와 하녀 혹은 하인이 주어졌다.

극도로 긴장한 상태로 운룡재에 들어선 당한지는 이 층으로 오르는 계단으로 걸어갔다.

운룡재는 일 층에 공동 식당과 접객실, 휴게실 겸 연회장, 공용 목욕실, 서재, 공동 연무장, 이십 개의 개인 연공실 등이 다 갖추어져 있기 때문에 당한지는 지금껏 이 층으로 올라가 본 적이 한 번도 없었다.

당한지는 이 층과 삼 층을 화운룡의 개인 거처로 알고 있었다.

자박자박…….

그녀는 심하게 요동치는 가슴을 겨우 억누르고 규칙적인 걸음으로 계단을 올라갔다.

그녀를 제외한 다른 구룡위들은 잠시 후 사시(오전 10시경)부터 무공 연마를 시작할 것이다.

그 시간에 당한지는 화운룡에게 생사현관 타통을 위한 추궁과혈수법을 받고 있을 터이다.

'잠시 후면 내가 생사현관이 타통되다니…….'

아무리 생각해도 믿어지지가 않았다.

오늘 아침 운공을 했을 때 화운룡의 공력은 삼십 년으로 증진되어 있었다.

삼십 년 공력이면 그가 예전 생에서 손수 터득했던 무공들의 십분의 일 정도를 직접 전개할 수 있을 것이다.

공력 이십육 년과 삼십 년의 차이는 매우 크다. 수적으로는 사 년밖에 차이가 나지 않지만 무공을 전개하는 과정에는 명백한 차이가 있었다.

화운룡이 터득한 모든 무공을 전개할 수 있는 최하한선이 공력 삼십 년이기 때문이다.

그 말은 삼십 년 공력이 있어야지만 어느 정도 흉내라도 낼 수 있다는 뜻이다. 그렇다고 해서 검기나 강기를 발출할 수 있는 것은 아니다.

한 차례 운공조식을 마친 화운룡은 일어나서 벽에 걸려 있는 검을 잡았다.

척!

'이제부터는 이걸 사용해야겠군.'

우우웅…….

그가 검파를 잡자 검이 마치 기쁨의 노래라도 부르듯이 은은한 용음을 토해냈다.

장하문이 우연한 기회에 얻게 된 이 검은 다른 사람이 잡으면 아무런 반응이 없지만 그가 잡으면 용음을 토한다고 해서 용명검이라고 이름을 붙인 검이다.

이후 용명검으로 천하의 사마외도를 징벌하고 대륙의 남칠성과 북육성을 토벌하여 발아래 꿇리고 나서 새로운 검명을 붙여주었으니 바로 무황검이다.

화운룡은 천천히 검을 뽑았다.

후우우…….

보통의 검을 뽑을 때하고는 전혀 다른 북국(北國)의 빙산에서 흘러나오는 차고 날카로운 바람 소리 같은 검명이 나직하게 토해졌다.

검명을 들으니까 화운룡의 심신이 상쾌해지는 것 같았다.

이윽고 검이 다 뽑혀서 주위 일 장 이내를 갑자기 화악! 하고 눈부시게 밝히고는 광휘가 씻은 듯이 사라졌다.

웅웅웅…….

그러고는 용맹한 창룡이 머리를 조아리고 복종하듯이 조용한, 그러나 사나운 용음을 흘려냈다.

오랜만에 그 소리를 들은 화운룡의 입가에 흐뭇한 미소가 떠올랐다.

"오랜만이구나, 무황검."

그는 한 차례 무황검을 떨쳐보고 싶은 것을 참으며 다시 검실에 꽂았다.

척!

그러고 나서야 입구 문 안쪽에 당한지가 다소곳이 서서 이쪽을 놀라는 표정으로 바라보고 있는 모습을 발견했다. 방금 전 무황검에서 뿜어지는 광휘를 보고 놀란 것 같았다.

화운룡은 고개를 끄떡였다.

"이리 와라."

당한지가 십룡위가 된 날부터 화운룡은 그녀를 손님이나 적이 아닌 수하로서 대했다.

몹시 긴장한 표정의 당한지는 걸어오면서 화운룡의 왼손에 쥐어져 있는 무황검을 보았다.

"주군, 그 검 이름이 무황검인가요?"

방금 화운룡이 중얼거리는 말을 들은 모양이다.

검 이름을 묻다니, 당한지로서는 전혀 예상하지 못했던 말이 불쑥 튀어나오고 말았다.

그녀는 십룡위가 된 지 이십여 일이 지난 현재까지 화운룡을 몹시 어려워하고 있다.

뭐라고 설명하기 어려운 그의 놀라운 능력과 기품 있고 단아한 언행을 존경하고 있으며, 그의 훤칠한 체격과 준수한 외모를 남몰래 흠모하고 있었다.

그녀로서는 난생처음 모시는 주군이기에 하늘처럼 여기고 있지만 사실 그녀가 화운룡에게 느끼는 감정은 주군과 수하로서의 그것만이 아니다. 절대로 그것만일 수가 없다.

그녀가 무령강전에 심하게 다쳐서 그걸 치료하는 과정에 화운룡의 손길과 시선이 그녀의 온몸 곳곳을 어루만지고 스쳤으므로 그녀로서는 그가 절대로 아무런 감정이 없는 타인일 수가 없는 것이다.

그런 화운룡에게, 그것도 생사현관 타통을 하러 온 상황에 검 이름이 무황검이냐고 불쑥 묻고 말았다.

그렇게 묻고서 당한지는 화들짝 놀랐다.

'내가 방금 무슨 말을……'

스스로 생각해도 어이가 없었다. 사람은 극도로 긴장하고 당황하면 평소의 자신하고는 전혀 다른 이상한 행동을 하기도 하는데 지금 당한지가 그랬다.

"그래."

하지만 화운룡은 담담하게 대답하고는 무황검을 한쪽 탁자에 내려놓고 아무런 장식도 없는 흑단목으로 만든 새카만 침상을 가리켰다.

"누워라."

"이제부터 생사현관 타통을 시작하는 건가요?"

당한지는 또다시 자신의 생각하고는 전혀 상관이 없는 맹랑한 말을 했다.

하지만 화운룡은 그녀가 가늘게 떨고 있으며 커다란 눈이 초점을 잃고 이리저리 부유하는 것을 보고 매우 긴장하고 있다는 사실을 알았다.

이럴 때는 얼마간의 자상함이 필요하다.

"그렇다."

그는 당한지의 양어깨를 잡고 가볍게 눌렀다.

"심호흡을 해라."

"네?"

화운룡은 여자의 건드리기만 해도 부서지기 쉬운 복잡하고 여린 심리 상태를 전혀 모르는 목석인 데다 이런 식의 어정쩡한 상황을 좋아하지 않는다.

"심호흡을 해라. 잠시 후에도 준비가 되지 않으면 너의 생사현관 타통을 뒤로 미루겠다."

"……."

청천벽력 같은 말에 당한지는 헉! 하고 놀라면서 심장이 멎을 것 같은 충격을 받고 몸이 단단하게 경직됐다.

'이런…….'

화운룡은 자신의 말에 극도로 긴장해서 몸이 딱딱해진 그녀를 보고 씁쓸한 표정을 지었다.

그러고는 그녀가 이처럼 긴장하는 것이 그녀 탓이 아니라는 생각을 했다.

물론 지난번 치료하는 과정에서 일어난 두 사람의 복잡한 상황에 대해서 화운룡은 까맣게 잊었다.

그것은 단지 치료였을 뿐이지 다른 무엇이 개입할 여지가 전혀 없는 것이다.

그것이 남자와 여자의 차이다. 특히 화운룡처럼 목석인 남자는 더욱 그렇다.

하지만 지금은 생사현관의 타통을 위해서 당한지를 다독일 필요가 있었다.

"지아."

"네……."

화운룡이 엷은 미소를 지으며 부드럽게 부르자 당한지는 그를 똑바로 바라보지 못하고 눈동자가 쉴 새 없이 이리저리 마구 부유했다.

"눈을 감아라."

그의 말에 당한지는 깜짝 놀랐다가 눈이 파르르 떨리더니 이윽고 감겨졌다.

"길게 심호흡을 해라."

"후우우……."

화운룡이 양팔을 잡고 들었다가 내리기를 반복하며 유도하자 그녀는 길게 심호흡을 하면서 점차 안정을 찾았다.

화운룡은 번거로운 절차를 무시하고 당한지를 번쩍 안았다.

"앗!"

갑자기 몸이 허공에 붕 뜨자 당한지는 눈을 번쩍 뜨며 놀라서 마구 발버둥 쳤다.

화운룡은 그녀를 침상에 내려놓았다.

"시작할 테니 누워서 눈을 감고 몸의 경직을 풀어라."

"아… 네……."

대답을 하면서도 당한지는 긴장이 풀리지 않았다.

＊　　　　　＊　　　　　＊

"후우우……."

반시진 후 화운룡은 당한지 몸에서 손을 떼며 긴 한숨을 토해냈다.

그의 표정은 착잡하고 온몸이 땀으로 범벅이었다. 하지만 당한지의 생사현관을 타통하지 못한 탓에 그의 마음은 구긴 종이처럼 이지러졌다.

두 눈을 꼭 감고 있던 당한지는 가만히 눈을 뜨고 화운룡을 쳐다보았다.

조마조마한 심정인 그녀는 화운룡의 표정이 좋지 않은 것을 보고는 가슴이 쿵! 하고 내려앉았다.

"실패인가요?"

그렇게 묻는 그녀는 자신의 생사현관 타통이 실패했다는 실망감보다는 화운룡을 걱정했다.

그가 얼마나 애를 썼는지 그녀 자신이 생생하게 잘 알고 있기 때문이다.

반시진 동안 화운룡이 비지땀을 흘리면서 그녀의 온몸 구석구석을 수십 차례에 걸쳐서 주무르고 누르면서 공력을 주입하느라 노력하는 모습을 보며 그녀는 생사현관의 타통이 얼마나 어려운 일인지 생생하게 깨달았다.

"휴우… 미안하구나."

십절무황 시절의 화운룡은 평생 동안 누군가에게 미안하다고 사과를 한 적이 손가락으로 꼽을 정도였다. 절대자는 미안함을 느낄 일이 없으며 그렇다고 해도 사과할 필요가 없기 때문이다.

"나와 너 둘 중에 한 사람이라도 공력이 몇십 년만 높았으면 좀 더 수월할 텐데……."

왜 실패했는지 알게 된 당한지는 어떻게 해서든지 화운룡을 위로하고 싶었다.

"죄송해요. 소녀가 공력이 낮아서……."

당한지의 공력은 사십 년 수준이다.

"아니다. 내가 공력이 더 높으면 네 옷을 충분히 뚫고 추궁과혈을 할 수 있을 텐데……."

당한지는 의아한 표정을 지었다.

"소녀가 옷을 입고 있기 때문에 안 되는 건가요?"

화운룡은 심각한 표정을 지었다.

"생사현관을 타통하려면 내 공력과 너의 공력을 합일시켜서 삼천육백오십 개의 혈도를 일깨워 온몸에 무형의 막(幕)을 도포해야 한다. 그래야지만 최후의 순간에 무형막이 삼천육백오십 개 혈도를 일제히 격동시켜서 임맥과 독맥 생사현관을 타통하는 것이다."

총명한 당한지는 문제가 무엇인지 짐작했다.

"혹시 소녀가 옷을 입고 있어서 잘 안 되는 건가요?"

"일전에 생사현관을 타통해 준 창천과 보진은 일 갑자 공력이었기에 수월했는데 너의 공력이 사십 년 수준이라서 자꾸 옷 밖에서 무형막이 형성되는구나."

그는 고개를 가로저었다.

"그만 일어나라. 나중에 내가 공력이 증진되면 그때 가서
다시 시도하자."

당한지는 일어나서 앉아 그를 바라보았다.

"주군, 다시 한번 시도해 주세요."

"지아, 어차피 해봐야 안 된다."

"이번에는 소녀가 옷을 모두 벗겠어요. 생사현관을 타통하
는데 애당초 옷을 입고 시술했다는 사실이 잘못된 거였어요."

"너……."

화운룡은 그녀가 이렇게 나올 줄은 예상하지 못했기에 적
이 놀라는 표정을 지었다.

반시진 동안의 추궁과혈수법 시술로 당한지는 온몸이 아프
지 않은 곳이 없을 정도다.

그렇지만 이대로 포기할 수는 없다고 생각했다. 자신이 이
번에는 옷을 모두 벗고 다시 시도하여 생사현관 타통을 성공
시켜야지만 화운룡과 그녀 두 사람 다 마음이 편해질 수 있
을 것이라고 생각했다.

"한 가지만 말씀해 주세요."

"뭐냐?"

당한지의 당돌한 말에 화운룡은 씁쓸한 표정을 지었다.

"소녀가 나신이 되면 성공할 수 있나요?"

"아까보다 성공할 확률이 두 배는 높을 거야."

슥…….

당한지는 옷을 벗었다.

"그럼 망설일 필요가 없겠군요."

화운룡이 급히 그녀의 팔을 잡았다.

"지아, 경거망동하지 마라."

당한지는 그를 말끄러미 응시하는데 아까처럼 당황하거나 긴장하지도 않은 맑고 깨끗한 눈빛이었다.

"당신은 소녀의 주군이십니다. 사부 같은 존재지요. 설마 당신이 소녀에게 추궁과혈수법을 시술하시면서 딴마음을 품을 것이라고는 한 올도 생각하지 않아요."

그녀의 말은 절반만 옳다. 그녀는 화운룡을 주군이며 사부로 여기지만 절반은 남자로 생각하고 있다.

하지만 지금은 생사현관을 타통해야만 한다. 그래야지만 지금의 이 부끄러움을 극복할 수 있었다.

이대로 실패로 끝나면 화운룡과 당한지 둘 다 부끄러움을 앙금처럼 남긴 채 지내야만 하는 것이다.

"주군께선 소녀에게 추궁과혈수법을 시전하시면서 딴마음을 품지 않으실 자신이 있나요?"

지난번 치료할 때 그를 겪어서 잘 알고 있으면서도 그녀는 쓸데없는 것을 물었다.

사실 그런 게 문제가 아니라 지금은 무슨 말이라도 해야 할 것 같기 때문이다.

"물론이다."

"그럼 무엇이 문제인가요? 부처님께서도 고개만 돌리면 거기가 피안(彼岸)이고 백정도 칼만 놓으면 부처가 될 수 있다고 말씀하셨어요."

그 말이 생각만 달리하면 어려움을 극복할 수 있다는 뜻이라는 걸 화운룡이 모를 리가 없었다.

화운룡은 잠시 당한지를 물끄러미 응시하다가 이윽고 그녀의 팔을 놓으며 중얼거렸다.

"이제는 네가 날 가르치려고 드는구나."

당한지는 갑자기 배시시 미소 지었다.

"자고로 하해불택세류(河海不擇細流)라고 했어요. 주군께서 소녀의 무례함을 개의치 않으시니 감읍할 따름이에요."

큰 바다는 작은 시냇물도 마다하지 않고 다 받아들인다. 대인은 도량이 크고 넓어서 소인배들을 다 받아들이니, 화운룡이 그와 같다는 뜻이다.

화운룡은 당한지를 새롭게 보았다. 이제 겨우 십팔 세인 그녀는 팔십사 년을 살다가 온 화운룡을 가르치고도 남음이 있는 것 같았다.

여자는 늙고 젊음을 떠나서 남자들에게 많은 것을 가르친다는 사실을 화운룡은 이제야 비로소 조금 아는 듯했다.

만약 당한지가 사해검문이 아닌 곳에서 태어나고 성장했다면 지금쯤 훌륭한 인재가 됐을 것이라는 생각이 들었다.

꽈드등!

'아악─!'

당한지는 갑자기 정수리 백회혈과 회음혈 두 군데에서 엄청난 폭발과 굉장한 충격을 느끼며 찢어지는 비명을 질렀다.

하지만 어찌 된 일인지 비명은 목 안에서만 맴돌 뿐이지 입 밖으로 나오지 않았다.

그녀의 은어처럼 희고 매끄러운 나신은 한 자 정도 허공으로 둥실 떠올랐다가 다시 침상으로 떨어졌다.

콰아아아!

그리고 다음 순간 그녀는 자신의 몸속에서 거대한 파도 소리를 들었다.

얼마나 크게 들리는지 흡사 그녀가 풍랑에 휩쓸린 듯한 착각마저 들 정도다.

공력인지 원기인지 모를 어떤 어마어마한 미증유의 기운이 전신 사지백해로 거침없이 휘돌면서 그녀를 태풍이 휘몰아치는 망망대해의 한낱 나뭇잎 한 장처럼 만들었다.

그러다가 어느 한순간 모든 것이 잠잠해지더니 그녀는 더없이 상쾌한 기분이 되어 있는 자신을 발견했다.

'아아… 성공했어……!'

방금 전의 괴상한 현상을 겪은 그녀는 자신의 생사현관이 타통되었음을 직감했다.

그녀가 눈을 뜨자 입고 있는 옷이 흠뻑 젖은 채 거친 숨을 몰아쉬고 있는 화운룡의 모습이 보였다.

그녀는 갑자기 가슴이 콱 막히면서 눈이 뜨거워지더니 한순간 눈물이 왈칵 솟구쳤다.

"성공인가요?"

화운룡은 대답할 기력도 없다는 듯 말없이 고개를 끄떡였다.

"아아… 주군!"

와락!

당한지는 벌떡 일어나서 화운룡을 힘껏 끌어안았다. 그녀는 자신이 감정에 충실하다는 사실을 오늘 처음 깨달았다.

자신의 생사현관이 타통되었다는 것, 그리고 화운룡이 이제는 낭패한 표정을 짓지 않을 것이라는 사실이 그녀를 한없이 기쁘게 만들었다.

"고마워요……! 정말 다행이에요……."

화운룡은 쓰러질 것처럼 힘들었기에 당한지를 떼어낼 힘조차 없다.

"지아……."

"네?"

화운룡은 그녀의 볼기를 때렸다.

"그만 떨어져서 운공조식을 해라."

철썩!

"앗!"

얼굴을 붉히면서 당황하는 당한지를 보며 화운룡이 꾸중했다.

"지금이 매우 중요하다. 어서 운공조식을 다섯 번 연속으로 실시하여 체내에서 생성되고 있는 공력을 전부 네 것으로 만들어라."

"네, 주군."

당한지가 힘차게 대답하고 침상에 가부좌의 자세로 앉는 것을 보고 화운룡은 운공을 하기 위해서 앞쪽 일 장 거리에 있는 원탁에 그녀와 마주 보고 앉았다.

화운룡의 명령대로 운공조식을 다섯 번 연이어서 하고 난 당한지는 가부좌의 자세를 풀지도 않은 채 굵은 눈물만 뚝뚝 흘렸다.

"흑흑흑……."

상체를 흔들면서 나직하게 흐느끼고 있지만 그녀의 얼굴에는 더없는 기쁨과 감동이 물결처럼 일렁거리고 있었다.

연이은 다섯 번의 운공조식을 마친 현재 그녀의 공력은 원래 사십 년에서 무려 팔십 년으로 두 배나 급증해 있었다.

그뿐이 아니다. 이렇게 상쾌하면서도 몸이 날아갈 듯이 가벼우며 머릿속이 명경지수처럼 맑기는 난생처음이다.

이 모든 것이 생사현관이 타통된 덕분이다.

생사현관 타통 전에는 평소에 늘 느끼는 몸의 상태가 최고라고 여겼고 그 이상은 존재하지 않을 거라고 생각했다.

그런데 지금 그녀가 느끼며 맛보고 있는 몸 상태는 한마디로 최고다.

예전하고는 비교할 수가 없다. 지금 상태하고 비교한다면 예전에는 지독한 감기에 걸린 것처럼 찌뿌듯한 상태였다고 할 수 있었다.

더 이상 바랄 것이 없다는 기분이다. 아마도 행복의 끝에 도달하면 이런 기분일 것이다.

마침 운공조식을 끝낸 화운룡이 원탁에서 내려와 울고 있는 그녀에게 다가갔다.

"왜 우느냐?"

"주군, 저는… 저는……."

당한지는 너무 기쁘고 행복해서 말을 잇지 못했다. 가부좌의 자세를 하고 있는 도중인데도 자꾸 웃음이 나왔다.

아니, 이제는 화운룡 앞에서는 그 어떤 상황이라도 부끄러움을 느끼지 않을 것 같았다.

생사현관의 타통이 성공했다는 사실을 가장 분명하게 확인하는 것은 자기 자신이다.

시술자인 화운룡이 제아무리 성공이라고 확신을 해도 당사자가 운공조식을 해보고 나서 예전과 변함이 없다고 느낀다면 실패한 것이다.

그래서 화운룡은 당한지가 몸을 격렬하게 떨면서 펑펑 우는 이유가 어쩌면 생사현관 타통이 실패했기 때문일지도 모른다는 불길한 생각이 들었다.

"너 설마……"

당한지는 너무 기뻐서 차오르는 감정을 주체하지 못하고 벌떡 일어나면서 화운룡에게 덮쳐가 그를 얼싸안았다.

"으아앙! 주군!"

"엇!"

생사현관이 타통되어 졸지에 팔십 년 공력을 갖게 된 당한지가 느닷없이 힘껏 덮쳐들자 화운룡은 지탱하지 못하고 뒤로 벌렁 자빠지고 말았다.

쿵!

"윽……."

그렇지만 당한지는 쓰러진 그의 몸 위에 엎드려서 가슴에 얼굴을 묻은 채 몸부림을 치며 기쁨에 겨워서 어린아이처럼 울어댔다.

"흐아앙! 너무 행복해서 꿈을 꾸는 것만 같아요……! 주군! 소녀는 죽을 때까지 주군께 충성할 거예요……!"

그녀가 한참 몸부림을 치면서 울부짖는데도 화운룡이 아무런 반응이 없자 그녀는 조심스럽게 얼굴을 들고 그를 내려다보다가 흠칫했다.

화운룡은 눈을 꾹 감은 채 움직임이 없다.

당한지는 겁이 더럭 났다.

"주군……."

그녀는 조심스럽게 얼굴을 숙여 화운룡의 코에 귀를 댔다. 숨은 쉬고 있는데 움직임이 없다는 것은 혼절했을 때만이 일어나는 현상이었다.

"주군……."

그녀는 자신이 힘차게 덮쳐드는 바람에 그가 쓰러지면서 혼절했다는 사실을 그제야 깨닫고 안색이 해쓱해졌다.

천하제일인 십절무황이 여자가 덮치는 바람에 혼절하는 웃지 못할 일이 벌어졌다.

당한지가 부드러운 진기를 주입해 준 덕분에 화운룡은 겨우 정신을 차리고 깨어났다.

경황 중이라서 옷을 입을 생각조차 하지 못한 당한지가 바닥에 누워서 눈을 뜬 화운룡 머리맡에 무릎을 꿇은 채 반가운 탄성을 터뜨렸다.

"주군!"

"너… 으으……."

화운룡은 뭐라고 말하려다가 상체를 일으키면서 손으로 뒤통수를 어루만지며 오만상을 썼다.

"거기 다치셨어요?"

당한지가 얼른 가까이 다가와서 그를 안는 듯한 자세로 뒷머리를 만져보더니 화들짝 놀랐다.

"어머? 커다란 혹이 생겼어요."

아까 그녀가 덮쳐들었을 때 화운룡이 뒤로 자빠지면서 뒷머리를 바닥에 호되게 부딪쳤고 그 바람에 혼절했던 것이다. 십절무황이 여자 때문에 뒤통수에 혹이 생겨서 혼절하다니 개가 웃을 일이다.

"죄송해요. 너무 아프시겠다……."

당한지는 그의 상체를 안고 뒷머리를 쓰다듬으며 미안함에 어쩔 줄을 몰랐다.

그 자세는 마치 엄마가 아기를 안고 있는 듯한 광경인데 화운룡과 당한지는 거의 동시에 그 사실을 깨달았다.

"어험! 힘!"

"엄마야……!"

두 사람은 놀라서 후다닥 떨어졌다.

운룡재 일 층 공동 연무장에서 구룡이위가 비지땀을 흘리면서 무공 연마를 하고 있다.

하지만 구룡위의 관심사는 오직 당한지의 생사현관 타통이 성공할 것인지, 아니면 실패할 것인지에 쏠려 있어서 무공 연마가 제대로 되지 않았다.

척!

그때 문이 열리자 구룡이위 열한 쌍의 눈동자가 일제히 문으로 집중되었다.

그리고 모두가 기다리고 있던 당한지가 안으로 들어섰다.

구룡위는 누가 먼저랄 것도 없이 무공 연마를 중지하고 당한지에게 우르르 모여들었다.

"어떻게 됐어, 지 매?"

"성공했어요, 언니?"

그렇지만 구룡위는 굳이 당한지의 대답을 듣지 않아도 그녀의 생사현관 타통이 성공했다는 사실을 짐작할 수 있었다.

왜냐하면 당한지의 얼굴이 발그레 상기됐으며 만족함과 행복한 미소가 가득 떠올라 있었기 때문이다.

당한지는 종달새처럼 종알거렸다.

"내 생사현관 타통은 성공했어요. 그 결과 공력이 사십 년에서 팔십 년으로 급증했어요."

"아아……."

"굉장하군요……."

구룡위는 턱이 빠질 것처럼 입을 크게 벌리면서 저마다 탄성을 쏟았다.

이위 창천과 보진은 빙그레 미소만 짓고 있었다.

당한지는 신바람이 나서 새빨간 입술을 나풀거렸다.

"그것만이 아니에요. 생사현관이 타통된 이후 일일이 설명할 수 없을 만큼 놀라운 변화들이 마구 일어났어요. 몸이 새털처럼 가벼워서 날아갈 것만 같고 머릿속은 명경지수보다 더 맑아서… 하여튼 나는 새로 태어난 것 같아요."

이미 생사현관이 타통된 경험이 있는 보진과 창천은 그런 당한지를 보면서 흐뭇한 미소를 지었다.

구룡위가 설왕설래 어수선하자 당한지는 팔을 번쩍 치켜들면서 목소리를 높였다.

"지금부터 주군의 말씀을 전하겠어요!"

그녀는 자신의 우상, 아니, 신이 돼버린 화운룡의 말을 전하는 것을 굉장한 영광으로 여기는 듯했다.

상황이 상황이니만큼 모두들 숨도 쉬지 않고 조용했다.

굳이 그러지 않아도 되는데 당한지는 화운룡의 말을 전한다는 엄숙함 때문에 목소리를 한층 높였다.

"십룡위는 공력이 약해서 옷을 입은 상태에서는 추궁과혈수법이 먹히지 않으므로 옷을 입으면 안 되는데 이것을 감수할 사람만 생사현관 타통을 시전하겠다! 추궁과혈수법을 감내할 자신이 없는 사람은 포기해도 좋다! …라고 주군께서 말씀하셨어요. 다들 생각해 보세요!"

구룡위는 모두 놀라서 눈을 크게 떴다.

숙빈이 눈을 동그랗게 뜨고 당한지에게 물었다.

"그래서 지 매는 추궁과혈수법을 받은 거야?"

어젯밤 만취가 되어 당한지와 가까워진 숙빈은 한 살 어린 그녀를 동생으로 삼았다.

당한지는 얼굴을 붉혔지만 수치스러워하진 않았다.

"그랬으니까 생사현관이 타통됐겠죠?"

그녀는 부연설명을 했다.

"처음에는 옷을 입은 상태에서 추궁과혈수법을 전개했는데 주군께서 아무리 애를 쓰셔도 되지 않는 거예요. 그래서 주군께서 말씀하시기를, 아무래도 내가 옷을 입고 있기 때문에 전신에 무형막이 도포되지 않아서 혈도들을 일깨우지 못한다는 거였어요."

"그래서 어떻게 했어?"

"그래서 내가 옷을 모두 벗을 테니까 다시 시전해 달라고 애원을 했죠."

"설마… 전부 다?"

당한지는 고개를 끄떡였다.

"네. 모두 벗었어요. 회음혈도 점혈을 해야 하니까 어쩔 수가 없어요."

구룡위는 화운룡 앞에서 자신들이 침상에 누워 있는 상상을 하고는 제각각의 묘한 표정을 지었다.

특히 여자들은 주무름을 당한다는 상상만으로 얼굴이 붉어져서 어쩔 줄을 몰랐다.

그때 창천이 진중한 목소리로 말했다.

"나와 보진은 공력이 일 갑자라서 주군께서 힘겹게나마 추궁과혈수법을 시전하실 수 있었다. 그러나 공력이 삼사십 년인 너희들이라면 나신이 되지 않고는 주군께서 전개하시는 추궁과혈수법 자체가 이루어지지 않을 것이다. 무형막은 반드시 형성돼야 하기 때문이다."

창천이 말했지만 그것 때문에 생사현관 타통을 포기하려는 사람은 아무도 없다.

그보다 더한 것도 감수할 각오가 돼 있는 사람들이다.

다만 자신이 화운룡 앞에 실오라기 한 올 걸치지 않고 누워 있으며, 그가 온몸 구석구석을 볼 것이라는 상상을 하니까 오만가지 잡생각들이 다 들어서 얼굴이 화끈거릴 뿐이다.

"제 차례인가요?"

그때 제일 막내인 화지연이 종알거리면서 문으로 걸어가자 당검비가 성큼성큼 문으로 걸어갔다.

"소홍화(小紅花: 꼬마)야, 이번에는 나다."

문을 나가고 있는 당검비에게 화지연이 눈을 하얗게 흘겼다.

"소홍화라고 부르지 말라고 했죠?"

어젯밤 그 난리 통에 십룡이위는 많이 친해진 것이 분명했다.

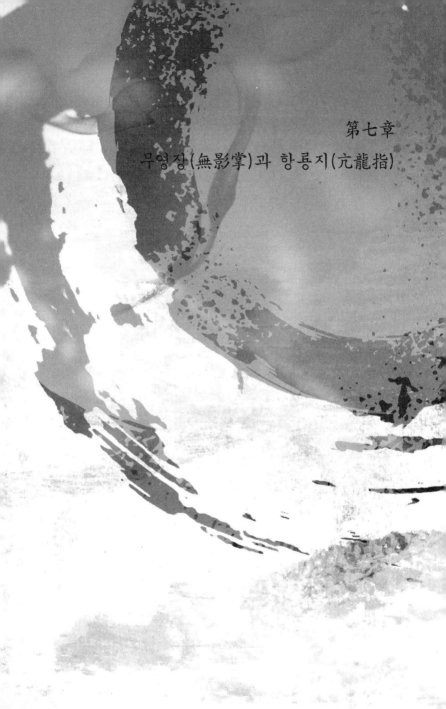

第七章
무영장(無影掌)과 항룡지(亢龍指)

나흘 후 운룡재 공동 연무장에 십룡이위가 일렬로 길게 늘어서 있으며 그 앞에 화운룡과 장하문이 서 있었다.

십룡위는 한 명도 빠짐없이 생사현관이 타통되어 더 이상 나흘 전의 오합지졸들이 아니다.

미세한 높고 낮음의 차이는 있지만 십룡위는 평균 칠십오 년의 공력을 지니게 되었다.

화운룡은 하루에 한 명씩 생사현관을 타통해 줄 계획이었지만 무리를 해서 나흘 만에 열 명을 다 해치웠다.

몹시 초췌하고 피곤해진 모습의 그를 바라보면서 십룡위는 무한한 고마움과 죄스러움을 동시에 느꼈다.

여자 여섯 명, 남자 네 명 십룡위는 생사현관 타통을 위해 화운룡 앞에서 하나같이 그에게 흠씬 주무름을 당했다.

그래서 제각각 화운룡에게 묘하고도 복잡한 감정을 품게 되었다. 남자들은 화운룡에게 사나이들끼리의 끈끈한 결속이 깊어졌으며, 사정은 조금 다르지만 여자들 역시 화운룡하고 갑자기 가까워졌음을 느꼈다.

화운룡은 십룡위와 그 옆에 따로 서 있는 이위 창천, 보진을 천천히 둘러보고 나서 입을 열었다.

"이제 너희들은 각자에게 주어진 무공들을 완벽하게 연마할 수 있는 자격과 상황이 주어졌다."

십룡이위 모두의 얼굴에 자신감이 팽배해졌다.

"내일 모두에게 장법(掌法)과 지공(指功)을 전수할 테니 배전의 노력으로 빠른 시일 내에 터득하도록 해라."

장법과 지공이라는 말에 십룡이위 얼굴에 더없는 흥분과 기쁨이 마구 물결쳤다.

"너희들이 각자의 무공과 내일 전수할 장법, 지공을 배우고 나면 설혹 백무신이라고 해도 너희들을 함부로 하지 못할 것이다."

화운룡의 말이라면 장강이 거꾸로 흐른다고 해도 믿는 십룡이위는 자신들이 오래지 않아서 백무신을 오시할 정도의 실력이 된다는 말에 심장이 터질 것처럼 기뻤다.

그 말이 아직 제대로 실감 나지 않지만 조심스럽게 상상을 하는 것만으로도 가슴이 벅차올라 숨을 쉬기가 곤란했다.

십룡이위는 비룡운검과 회천탄을 기본적으로 연마하고 있으며, 거기에 각자의 독문무공을 연마하는데, 그동안 화운룡의 집중적인 가르침 덕분에 현재 많은 진전을 이루었다.

당한지와 당검비는 뒤늦게 십룡위에 합류했지만 다른 사람들을 따라잡으려는 남다른 노력을 경주하여 이십여 일 만에 팔룡위에 비해서 삼 성 정도의 성취를 이루었다.

화운룡이 창안한 비룡운검을 예전에 장하문이 심층 분석하여 열 단계, 즉 십검결로 나누었었다.

그래서 그는 십절신공 열 단계 십공결과 비룡운검 십검결을 각 하나의 결(訣)로 묶었으며 그것이 바로 비룡십절검공결인 것이다.

즉, 십절신공 일공결을 익히면서 비룡운검 일검결을, 그것이 끝나면 십절신공 이공결을 시작하고 동시에 비룡운검 이검결을 시작한다는 식이다.

현재 십룡위는 비룡십절검공결 일검공결을 이론과 초식 면에서는 완벽하게 터득한 상태였다.

다만 공력이 낮아서 제 위력을 발휘하지 못했었지만 이제 평균 칠십오 년의 공력을 지니게 되었으니 제대로 위력을 발휘할 수 있을 터이다.

비룡운검 일검결 안에는 세 개의 변(變)이 있으며, 변 안에는 또다시 세 개의 해(解)가 있다. 그러므로 일검결에는 도합 아홉 개의 '해'가 있는 것이다.

그러므로 평균 칠십오 년 공력으로 비룡운검 일검결을 전개한다면 당금 무림을 대표한다는 명숙절학하고 비교해도 전혀 손색이 없었다.

"이제 너희들이 해야 할 일은 비룡육절을 완벽하게 연마하는 것이다."

화운룡은 엄숙하게 말을 마쳤다.

화운룡이 창안한 여섯 개의 무공을 장하문이 비룡육절이라고 이름 지은 적이 있었다.

아침 식사 시간에 장하문과 백진정이 합석했다.

특별한 일이 없는 한 장하문과 백진정은 언제나 화운룡, 옥봉과 함께 식사를 한다.

화운룡에게 있어서 장하문은 아무리 많은 설명을 해도 부족할 정도로 중요한 사람이었다.

그리고 백진정은 십룡위이기 전에 장하문의 정혼녀 신분으로 화운룡의 식사 시간에 합석할 자격이 있었다.

사유란은 남편 주천곤의 침상을 지키고 있으며 식탁에는

화운룡과 옥봉, 장하문, 백진정 네 사람이 두 사람씩 마주 보고 앉아 있었다.

이미 수백 번이나 함께 식사를 하고 있지만 백진정은 옥봉과 마주 앉기만 하면 그녀에게서 시선을 떼지 못하고 남몰래 감탄을 연발하다가 밥을 절반도 못 먹기 일쑤였다.

이유는 하나, 옥봉이 너무나도 아름답기 때문이다. 옥봉은 아직 어린 나이지만 보는 사람의 혼을 뺏을 정도로 아름다워서 백진정이 그러는 것도 무리가 아니다.

여북하면 수양심이 남다르다고 자부하는 장하문마저도 무의식중에 옥봉을 쳐다봤다가 한참이나 멍하니 시선을 떼지 못하는 경우가 허다했다.

옥봉은 그런 사실을 아는지 모르는지 다소곳이 앉아서 화운룡이 식사하는 것을 시중들기 바빴다.

화운룡이 잘 먹으면 흐뭇한 미소를 짓고 간혹 그와 시선이 마주치면 아름다운 미소를 지으며 그의 입에 묻은 음식 찌꺼기를 닦아주든지 물을 권하기도 했다.

그런 모습을 보고 있자면 영락없이 수십 년 동안 함께 살을 맞대고 산 아내와 다름 없었다.

장하문은 아까부터 얘기할 기회를 찾다가 조심스럽게 말문을 열었다.

"주군, 전하께서 주군과 공주님의 혼인날을 택일하라고 하명하셨습니다."

"그래?"

화운룡은 젓가락질을 멈추고 장하문을 쳐다보았다.

"어제 저를 부르셔서 혼인날 택일과 거기에 대한 준비를 하라고 하명하셨습니다."

주천곤은 아직 걷지도 못하는 상태이면서도 화운룡과 옥봉의 혼인을 밀어붙이고 있었다.

자고로 중이 제 머리를 깎지 못하는 법이니 주천곤은 화운룡에게 옥봉과의 혼인을 말만 꺼냈다가 준비는 장하문을 불러서 맡긴 모양이다.

그래도 장하문은 주군인 화운룡의 허락이 떨어져야만 행동에 옮길 수가 있었다.

화운룡은 멋쩍은 얼굴로 옥봉을 쳐다보고 옥봉은 얼굴이 능금처럼 빨개져서 고개를 숙였다.

"전하께선 중추절 전에 혼인날을 택일하기를 원하시는 것 같았습니다."

화운룡과 옥봉은 주천곤이 어째서 두 사람의 혼인을 서두르는지 이유를 짐작했다.

몇 차례의 엄혹한 생사의 고비를 넘긴 주천곤이 자신의 살아생전에 화운룡과 옥봉이 부부가 되는 모습을 보고 싶어 하기 때문이다.

아직 둘 사이에서 손주를 보는 것은 우물에서 숭늉을 찾는 일이지만, 그래도 두 사람이 정식으로 부부가 되어 오순도순 사는 모습을 보고 싶은 것이다.

그래서 화운룡은 내키지 않으면서도 주천곤의 혼인 강행에 반발하지 못했다.

"주군께서 허락하시면 준비하겠습니다."

화운룡은 그윽한 눈빛으로 옥봉을 바라보았다. 그녀의 의견을 묻는 것이다.

두 사람이 혼인을 하면 부부다. 지금까지와는 전혀 다른 관계가 되는 것이다.

옥봉은 붉어진 얼굴로 말끄러미 화운룡을 마주 바라보며 수줍게 속삭이듯 말했다.

"소녀는 용공의 뜻에 따르겠어요."

식사는 잠시 중단되고 세 사람의 시선은 화운룡을 향하고 있으니 이제는 그가 대답을 해야 한다.

"음! 좋도록 하게."

장하문이 점잖게 딴죽을 걸었다.

"'좋도록'이라는 말씀이 허락이신지 불허하시는 것인지 모르겠습니다."

"자네."

장하문은 짐짓 엄숙한 표정을 지었다.

"정확하게 말씀해 주십시오."

"알았네."

화운룡은 고개를 끄떡이고 나서 백진정을 쳐다보았다.

"정아."

갑작스러운 부름에 백진정은 자세를 바로 했고 장하문은 흠칫 놀랐다.

"너는 '좋도록 하라'는 말이 무슨 뜻인 것 같으냐?"

백진정은 당황해서 더듬거렸다.

"그것은… 주군과 공주님의 혼인이 원만하게 잘되도록 진행하라는 허락입니다."

"그런데 그렇게 쉬운 말을 알아듣지 못하는 멍청이가 있다면 너는 어떻게 하겠느냐?"

백진정은 화운룡의 말뜻을 알아차리고 샐쭉한 표정으로 장하문을 흘겼다.

"어느 여자가 그 사람의 부인이 될 건지 장차 고생문이 훤할 것 같아요."

되로 주고 말로 받은 장하문은 깊이 고개를 숙였다.

"잘못했습니다, 주군. 두 분의 혼인날을 택일하고 한 치의 실수가 없도록 만반의 준비를 갖추겠습니다."

화운룡은 고개를 끄떡였다.

"좋도록 하게."

장하문은 이번만큼은 아무 소리도 못 했다.

화운룡이 십룡이위에게 장법 무영장(無影掌)과 지공 항룡지(亢龍指)를 가르친 지 닷새가 지났다.

십룡이위는 오전에는 비룡은월문 사람이라면 누구나 배워야 하는 비룡운검과 회천탄을 연마하고, 오후에는 자신들의 독문무공을 연마하며, 저녁 식사 후부터 자기 전까지 무영장과 항룡지를 훈련했다.

오늘 밤에 화운룡은 십룡이위가 지난 닷새 동안 무영장과 항룡지를 얼마나 이해하고 또한 준비가 되어 있는지 확인하려고 한다.

십룡이위의 전면에는 어른의 두 팔로 한 아름 정도 되는 굵기의 나무 기둥 하나와 네모난 석판 하나가 나란히 세워져 있었다.

화운룡이 무엇을 시험하려는 것인지 짐작한 십룡이위는 자못 긴장했다.

"무영장을 전개해라."

화운룡의 말에 제일 먼저 창천이 앞으로 나섰다.

무공 연마를 할 때 무언가 시범이나 시험을 할 경우 십룡이위의 순서가 은연중에 정해져 있다.

누가 시킨 것도 아닌데 언제나 가장 나이가 많고 무위가 고강한 창천이 처음에 나서고 그다음에 보진, 십룡위에서는 벽상이 선두에, 그다음에 감중기와 조연무, 숙빈 등의 순서로 이어진다.

원래 장법과 지공을 가르쳐 주고 나서 단 닷새 만에 전개할 수는 없는 일이다.

그러나 화운룡은 성취가 아니라 얼마나 구결을 잘 이해하고 응용하는지를 보려는 것이다. 그걸 보고 앞으로 가르칠 방향을 잡으려는 의도였다.

창천은 나무 기둥 앞에 반 장 거리를 두고 발을 어깨 넓이로 벌려 우뚝 서서 심호흡을 하고는 무영장의 구결을 외우면서 천천히 공력을 끌어 올렸다.

그가 만약 무영장의 구결을 제대로 이해했다면 최소한 장풍을 한 자 거리까지 발출할 수 있을 것이다.

물론 한 자 거리의 얇은 송판을 부수는 정도라서 위력은 기대할 수가 없다.

지금은 다만 체내의 공력을 무영장 구결을 응용하여 손바닥을 통해 발출한다는 것에 의미가 있었다.

생사현관 타통으로 공력이 백십 년에 달하는 창천이 무영장을 십 성까지 터득한다면 무려 십 장 거리의 철판에 반 자 깊이의 손바닥 자국을 찍을 수 있을 것이다.

십룡일위는 눈도 깜빡이지 않고 몹시 긴장하여 창천을 뚫어지게 주시했다.

십룡이위 중에서 공력이 가장 심후한 창천이 과연 무영장을 어느 정도 발휘하는지 자못 귀추가 주목됐다. 그 결과에 따라서 십룡일위의 결과를 우츄할 수 있기 때문이다.

창천은 뚫어지게 나무 기둥을 쏘아보면서 공력을 무영장의 구결에 따라 삼십팔 혈도로 주천시켰다.

원래 숙달되면 공력을 무영장 삼십팔 혈도에 주천시키는 데 눈 한 번 깜빡이는 것보다 더 빠른 찰나지간에 이루어지지만 지금 창천은 다섯 호흡이나 걸렸다.

한순간 창천이 나무 기둥을 향해 손바닥을 활짝 펼쳐 오른손을 힘껏 뻗었다.

팟.

장풍이 발출되는 아무 소리도 나지 않았지만 나무 기둥에 무언가 부딪친 것 같은 미약한 격타음이 들렸다.

모두의 시선이 일제히 나무 기둥으로 향했다.

나무 기둥에는 매우 흐릿한 흔적이 생겼다. 손바닥 자국은 아니고 자세히 봐야지만 알 수 있는 희미한 흔적이다.

"후우우……."

방금 일장에 전력을 다한 창천은 얼굴에서 송알송알 굵은 땀을 흘리며 긴 한숨을 토해냈다.

백십 년 공력을 지녔지만 난생처음 장풍이라는 것을 시전했기에 진이 다 빠져 버렸다.

창천은 나무 기둥에 보일 듯 말 듯 새겨진 손바닥 자국을 보고 실망하는 표정을 지었다.

"다음."

그가 실망할 겨를도 없이 화운룡의 지시에 따라 보진이 재빨리 다가와 창천의 자리에 섰다.

반시진 후, 십룡이위 열두 명 모두 무영장 시전을 끝마치고 도열해 있었다.

단 한 차례 무영장을 시전했을 뿐이지만 전력을 다했기에 모두들 꽤나 지친 모습이었다.

화운룡이 예상했던 대로 십룡이위 중에서 처음에 한 창천이 제일 나았다.

그는 흐릿한 손바닥 자국, 즉 장인(掌印)이라도 남겼지만 그다음부터 열한 명은 나무 기둥에 아무런 자국도 찍지 못했다. 심지어 손바닥에서 공력이 발출되지 않은 사람마저 있었다. 화지연과 도도였다.

십룡이위 다들 부끄러움에 얼굴을 들지 못했다.

그렇지만 화운룡은 그럴 것이라고 예상했기 때문에 별로 실망하지 않았다.

화운룡은 천천히 나무 기둥 앞으로 걸어가서 섰다.

"내 공력은 삼십 년 수준이다."

화운룡이 솔직하게 말하자 장하문은 흠칫 가볍게 표정이 변했고 십룡이위는 크게 놀랐다.

장하문을 제외한 십룡이위는 화운룡의 실제 무공 수준과 공력에 대해서 추측만 할 뿐이지 정확하게 모르고 있었다.

지난번 주천곤이 태사해문 고수들에게 죽은 줄 알고 그의 관을 탈취하러 북행했을 때 화운룡은 몇 차례 적들과 싸웠던 적이 있었다.

그때 같이 싸웠던 숙빈과 조연무, 감중기 등 몇 명은 그가 태사해문 고수들과 싸우는 광경을 봤다.

그 당시 화운룡은 멋들어진 솜씨로 태사해문 고수 여러 명을 죽였기에 함께 싸웠던 사람들은 그의 무위가 대단하다고 생각했다.

그런데 그의 공력이 자신들보다도 못한 기껏 삼십 년이라는 고백에 놀라지 않을 사람이 없었다.

십룡이위는 믿을 수 없다는 표정으로 화운룡을 쳐다보았다.

화운룡에 대해서 잘 알고 있는 숙빈이나 화지연은 그녀들 나름대로, 그리고 그에 대해서 잘 몰랐던 사람들 또한 그들 나름대로 그가 진실한 내력을 감추고 있는 숨은 고수일 거라고 믿었다.

화운룡은 십룡이위가 믿거나 말거나 나직한 목소리로 말을 이어나갔다.

"나는 공력이 삼십 년뿐이지만 초식에 대한 이해와 응용력이 뛰어난 편이다."

십룡이위는 알 것도 같고 모를 것도 같은 표정들이다.

화운룡이 자신의 공력 수위를 말한 이유는 무영장을 전개하는 데에는 무엇보다도 얼마나 구결을 잘 이해하고 있는지, 그리고 얼마나 빠른 속도로 공력을 장풍으로 전환하는지를 설명하고 보여주려는 의도에서였다.

"내가 무영장과 항룡지를 만들었지만 연습은 반나절 정도 한 것이 전부다."

십룡이위는 무영장과 항룡지처럼 훌륭한 무공이 원래 존재했던 것이 아니라 그가 직접 창안했다는 말에 크게 놀랐으며 그가 그것들을 겨우 반나절 동안만 연마했다는 사실에 더욱 놀랐다.

그는 반 장 거리의 나무 기둥을 마주 보고 섰다.

"잘 봐라."

말이 끝나자마자 그의 오른손이 빠르게 앞으로 뻗어졌다.

뻑!

그리고 나무 기둥에서 둔탁한 음향이 터졌다.

십룡이위는 무영장을 전개하기 위해서 준비하는 시간이 필요했었는데 화운룡은 '잘 봐라'라는 말과 함께 손을 뻗자마자 무영장을 발출했다.

십룡이위의 시선이 일제히 나무 기둥으로 향하더니 탄성이
터져 나왔다.

"아아……!"

"어떻게 이럴 수가……."

"내 눈을 믿을 수가 없어요!"

십룡이위 모두의 얼굴에는 극도의 경탄과 불신의 표정이 가
득 떠올랐다.

놀랍게도 나무 기둥에는 뚜렷한 손바닥 자국이 세 치 깊이
로 뚜렷하게 찍혀 있었다.

                *   *   *

백십 년 공력인 창천조차도 무영장으로 나무 기둥에 자국
이라고도 하기 애매한 흐릿한 흔적만 남겼을 뿐인데 겨우 삼
십 년 공력인 화운룡이 세 치 깊이의 장인을 뚜렷하게 찍었으
므로 놀라지 않을 수 없는 일이다.

화운룡이 장하문에게 물었다.

"하룡, 어째서 이런 결과가 나온 것 같은가?"

장하문은 잠시 생각하다가 공손히 대답했다.

"공력이 무영장 삼십팔 개 혈도들을 주천하는 시간이 짧을

수록 위력이 큰 것 같습니다."

"정확하다."

화운룡은 고개를 끄떡이고 나서 모두에게 설명했다.

"길게 말할 것 없다. 끊임없는 훈련을 통해서 공력이 삼십 팔 개 혈도들을 주천하는 시간을 최대한 줄여라. 줄이면 줄일수록 위력이 강해질 것이다."

장하문과 십룡이위는 화운룡의 말을 새겨들었다.

"공력이 체내에서 무영장 구결 삼십팔 개 혈도를 주천하는 시간이 늦으면 늦을수록 장심에서 발출될 때 위력이 약해지게 마련이다. 삼십팔 개 혈도를 도는 와중에 공력이 흩어지기 때문이다."

그는 창천의 어깨에 손을 얹고 나무 기둥을 쳐다보았다.

"창천, 삼십 년 공력이 저 정도면 네가 나의 빠르기로 무영 장을 발출하면 어떨 것 같으냐?"

"나무 기둥이 부러질 겁니다."

"틀렸다."

"부러지지 않습니까?"

"나무 기둥은 가루가 되고 바위는 부서질 것이다."

"아……."

화운룡은 손바닥으로 창천의 가슴을 때리는 시늉을 해보였다.

"그런 위력으로 사람을 가격하면 어떻겠느냐?"

"즉사할 겁니다."

"잘 들어라."

모두들 숨소리조차 내지 않고 조용해졌다.

"내가 너희들에게 가르치려는 것이 무엇이냐?"

"무영장과 항룡지예요!"

화지연이 재빨리 대답했다.

"틀렸다."

당한지가 조심스럽게 작은 목소리로 말했다.

"혹시… 내력(內力)인가요?"

"지아, 이리 와라."

당한지는 쭈뼛거리면서 화운룡 앞으로 다가가며 그에게 꾸지람을 들을 각오를 했다.

화운룡은 당한지의 어깨를 다독였다.

"정확하다."

"아……."

화운룡은 당한지 어깨에 팔을 두르고 모두에게 설명했다.

"무기로 싸우는 것에는 한계가 있다. 무기가 상대를 찌르거나 베어야지만 쓰러뜨릴 수 있기 때문이다."

당한지는 화운룡에게 칭찬을 듣고 그가 어깨에 팔을 두른 채 설명을 하자 너무 행복해서 어쩔 줄을 몰랐다. 그의 말이 귀에 들어오지 않을 정도였다.

"상대도 마찬가지다. 상대의 무기가 내 몸에 닿아야지만 내가 다치거나 죽는다. 이럴 때 필요한 것이 뭐냐?"

숙빈이 재빨리 대답했다.

"내력으로 장풍을 발출하면 무기가 닿지 않는 먼 거리의 적을 죽일 수 있어요!"

"그렇다. 무영장으로 내력을 뿜어내는 것, 즉 장풍을 발출하면 십 성까지 터득했을 경우에 최대 십 장 이내의 적을 쓰러뜨릴 수 있다."

화운룡은 양팔로 당한지와 숙빈의 어깨를 안아 토닥이고 나서 그녀들을 놓아주며 설명을 이었다.

"내력, 즉 공력을 무기로 발출할 수도 있으며 그것을 검기 또는 도기라고 하는데 너희들은 공력이 증진되었으므로 반드시 내가고수(內家高手)가 돼야만 한다."

화운룡은 모두의 경각심을 일깨웠다.

"공력을 권이나 장, 도검으로 발출하려면 최소한 칠십 년 이상의 공력이 필요하다."

십룡이위는 내가고수가 될 자격을 갖추었다.

"다른 사람들은 특별한 기연 없이 수십 년 동안 순전히 자력으로 노력해서 내가고수가 되지만 너희들은 하루아침에 생사현관이 타통되어 공력이 급증했기 때문에 공력은 갖추었으나 아직 내가고수가 될 준비가 되어 있지 않았다."

숙빈이 호기심 어린 표정으로 물었다.

"빨리 내가고수가 되는 방법이 없나요?"

화운룡은 고개를 끄떡였다.

"있다."

"그게 뭔가요?"

숙빈만이 아니라 다들 눈을 빛냈다.

화운룡은 짧게 대답했다.

"끝없는 노력이다."

십룡이위는 처음에는 실망하는 표정을 지었지만 잠시 후에
는 다들 결연한 표정으로 변했다.

화운룡의 말이 맞다고 깨달았기 때문이다. 생사현관 타통
으로 공력이 두 배 급증했으면 됐지 하루아침에 내가고수가
되려는 것은 과욕이다.

화운룡은 이번에는 네모난 사각형의 석판 앞에 섰다.

장하문은 그가 무엇을 하려는 것인지 짐작하지만 아무것도
모르는 십룡이위는 긴장한 표정으로 지켜보았다.

화운룡은 두께 한 뼘의 석판을 응시하며 말했다.

"이번에는 항룡지다."

모두의 눈에서 광채가 뿜어지는 것처럼 반짝거렸다.

"지공은 장풍보다 훨씬 어렵다. 체내에서 공력이 거쳐야 할

혈도가 더 많은 반면에 최후에는 공력을 응축시켜서 손가락 끝으로 발출해야 하기 때문이다."

화운룡은 자신이 창안하여 반나절 동안 연마했던 항룡지를 시전하기 위해서 중지를 뻗었다.

스으…….

눈이 빠른 사람은 화운룡의 중지 끝에서 흐릿한 백색 광채 같기도 하고 기체 같기도 한 것이 뿜어지는 것을 발견했다.

그의 중지와 석판의 거리는 한 자 남짓. 중지가 가리킨 석판에서 돌가루가 튀었다.

팍!

석판에는 마치 화살에 맞은 것처럼 작지만 움푹 파인 자국이 생겼다.

"와앗! 손가락이 석판에 닿지도 않았잖아요! 굉장해요!"

"야아……! 만약 적이 항룡지에 맞으면 몸에 구멍이 숭숭 뚫리겠군요!"

다들 한마디씩 감탄을 터뜨렸다.

장풍이든 지풍이든 처음 보는 십룡이위는 그 굉장한 위력에 정신이 하나도 없을 정도로 놀랐다.

무기로 상대를 찌르거나 베어야 한다고만 알고 있었던 그들이기에 무형의 장풍과 지풍으로 상대를 제압하고 죽일 수 있다는 사실은 신세계와도 같았다.

문득 화운룡이 장하문을 가리켰다.

"하룡, 자네가 해보게."

십룡이위는 무영장을 시전했지만 장하문은 구경만 하고 있었다. 하지만 그도 십룡이위와 함께 배웠으므로 화운룡은 그가 남다를 것이라고 판단했다.

"자네, 공력 수위는 얼마나 되는가?"

장하문은 석판 앞에 서서 공손히 대답했다.

"이 갑자입니다."

십룡이위는 모두 크게 놀라고 감탄하여 고개를 절레절레 가로저었다.

장하문은 공동 연무장에서 십룡이위하고 함께 무공 연마를 하지 않기 때문에 다들 그의 무위를 모르고 있었다.

장하문이 이 갑자 백이십 년 공력이라면 이들 중에서, 아니, 비룡은월문 내에서 최고수가 분명하다.

사실 장하문은 무영장과 항룡지를 배운 날부터 바쁜 시간을 쪼개서 자신의 개인 연무장에서 피나는 노력을 했다.

모두의 뜨거운 시선을 받으면서 장하문은 석판 앞에 우뚝 서서 굳은 표정을 지었다.

그는 자신이 적중시켜야 할 곳을 쏘아보다가 어느 한순간 항룡지 구결을 외우며 공력을 체내의 사십육 개 혈도에 재빨리 주천시키며 오른손을 뻗었다.

츄우…….

손가락으로 종이를 뚫은 것 같은 음향이 흐르면서 그의 중지 끝에서 아주 흐릿한 백색 빛이 가볍게 명멸했다.

파아…….

그러고는 석판에서 작은 음향이 들렸다.

"아……."

누군가의 입에서 나직한 한숨 같은 탄성이 흘러나왔다.

조금 전 화운룡이 새긴 자국 옆에, 그것에 절반 정도 되는 흐릿한 흔적이 생겼다.

화운룡만큼은 아니지만 장하문은 무영장보다 몇 배나 어려운 항룡지를 발출했을 뿐만 아니라 석판에 흔적을 남기기까지 했으니 대단한 성취였다.

화운룡은 장하문의 어깨를 두드렸다.

"닷새 만에 이 정도면 잘한 것이다."

장하문은 얼굴을 붉혔다.

"과찬이십니다."

사실 연습 때는 이보다 조금 더 나았는데 긴장한 탓인지 제대로 되지 않아서 장하문은 내심 실망을 금치 못했다.

화운룡은 모두를 둘러보았다.

"항룡지를 완성했을 경우 너희들이라면 십 장 거리에서 여기에 구멍을 뚫을 수 있을 것이다."

조용히 말하고 난 화운룡은 중지를 세워 석판 위에 댔다.

"이것은 항룡지의 수법이다."

스윽…….

그러자 그의 중지가 석판을 파고들어 천천히 세로로 글씨를 써 내려갔다.

"아아……."

삼십 년 공력인 화운룡이 살과 뼈로 이루어진 손가락으로 단단하기 이를 데 없는 석판에 한 자 한 자 글을 써 내려가는 광경을 보면서 십룡이위는 놀랍고 경이로운 나머지 온몸에 소름이 돋았다.

이윽고 화운룡이 손을 뗀 석판에는 한 치 깊이로 네 글자가 뚜렷하게 새겨져 있었다.

同根連枝

동근연지. 하나의 뿌리에서 나온 나뭇가지라는 글로서, 형제자매라는 뜻이다.

장하문과 십룡이위는 화운룡이 어째서 석판에 동근연지라는 글을 새겼는지 깨닫고 가슴이 훈훈해졌다.

화운룡과 자신들이 바로 동근연지라는 의미였다.

화운룡이 나간 후에 장하문이 십룡이위를 모아놓고 진지한 표정으로 현재 비룡은월문이 처해 있는 냉엄한 현실에 대해서 자세하게 설명을 했다.

태사해문과 통천방만이 아닌 전설의 천외신계와 싸워서 비룡은월문을 지켜내야 한다는 사실을 모두에게 알렸기 때문에 문하제자들이 대부분 떠나고 백팔십이 명만 남았다는 얘기도 빼놓지 않았다.

"주군께서 너희들의 생사현관을 타통시켜 주신 이유가 무엇인지 이제 알겠나?"

장하문은 조연무를 쳐다보았다.

"연무, 말해봐라."

장하문과 조연무는 이십오 세로 동갑이지만 군사와 수하의 관계이기에 친구가 될 수 없다.

조연무는 조금 긴장한 얼굴로 진지하게 대답했다.

"우리가 강해져야지만 천외신계로부터 비룡은월문을 지킬 수 있기 때문입니다."

"포괄적이긴 하지만 정답이다."

장하문은 조금 씁쓸한 표정을 지었다.

"무림에서 타인의 생사현관을 타통시켜 줄 만한 능력을 지닌 사람은 극소수에 불과하고 주군께선 그들 중에 한 분이시다. 더구나 주군께선 삼십 년 공력으로 나를 비롯한 너희들 모두의 생사현관을 타통시켜 주셨다."

여동생인 화지연과 가족이나 다름이 없는 숙빈은 천하의
사고뭉치이며 잡룡, 약룡이라는 별명의 화운룡이 어떻게 해서
그런 놀라운 능력들을 갖게 되었는지 예전에는 매우 궁금했
지만 이제는 그런 의구심을 내려놓았다.

먹구름 같은 의혹을 품어봐야 풀리지는 않고 머리만 아프
기 때문이다. 그래서 그녀들은 화운룡을 신인(神人)으로만 여
기기로 마음먹었다.

"내가 아는 상식으로는, 주군처럼 공력이 심후하지 않은 분
이 타인의 생사현관을 타통시켜 줄 경우에는 본신진기, 즉 원
기(元氣)가 많이 손실된다."

"아……."

십룡이위의 얼굴에 놀라움이 물결쳤다. 며칠 전까지만 해
도 이들은 생사현관 타통이라는 것에 대해서 아무것도 알지
못했기 때문에 그걸 시전한 사람이 원기를 많이 잃는다는 사
실은 더더욱 알지 못했다.

그런데 장하문의 말을 듣고는 큰 충격을 받았다.

"원기라는 것은 공력하고는 달리 인간이 태어날 때부터 지
니고 있는 본연의 기운이다. 이것을 잃으면 잃은 만큼 수명
이 짧아지거나 몸에 심각한 이상이 오고 노화가 급속하게 이
루어지는 것으로 알고 있다. 말하자면 인간이 원기를 다 써버

리면 죽는다. 인간이 나이를 먹어 늙으면 죽는 이유가 원기를 다 소모했기 때문이다."

십룡이위는 대경실색했다. 설마 화운룡이 그 정도 막중한 희생을 무릅쓰고 자신들의 생사현관을 타통했을 줄은 상상조차 하지 못했다.

여자들은 몸을 바르르 떨면서 안색이 창백해졌고 남자들은 눈을 부릅뜨거나 주먹을 불끈 쥐면서 경악했다.

"그… 럼 주군께선 설마 돌아가시는 건가요? 아니면 몸에 이상이 생기셨나요?"

"으앙! 오라버니는 그걸 알면서 우리 열두 명에게 생사현관 타통을 해주었다는 말인가요?"

여자들은 혼절할 정도로 혼비백산해서 울음을 터뜨리며 절규하듯이 부르짖었다.

벽상이 얼굴을 잔뜩 찌푸리며 장하문을 잡아먹을 듯이 쏘아보며 으르렁거렸다.

"당신은 그걸 알고 있으면서도 주군을 말리지 않았다는 말인가요? 주군께서 돌아가시거나 몸에 이상이 생기면 우리가 생사현관이 타통된 게 무슨 의미가 있다는 거죠? 이런 빌어먹을… 정말이지 먹물들 하는 꼬라지하고는."

그녀는 예전의 주군이었던 장하문을 마구 몰아붙였다.

"한두 명도 아니고 자그마치 열두 명이나 생사현관을 타통시켜 주었다는 말이에요! 열두 명이나."

"상아, 너까지 이러면 안 된다."

"내가 뭘 어쨌다고요!"

"끄응! 됐다."

장하문은 손을 들어 모두 조용하게 만든 후에 설명했다.

"내가 주군을 말리지 못한 이유를 굳이 말하라면, 말려봐야 들을 분이 아니기 때문이다."

그의 말에 모두들 수긍했다. 화운룡을 오랫동안 알고 있는 사람이나 만난 지 얼마 안 되는 사람이라고 해도 그에 대해서 한 가지만은 분명하게 알고 있다. 그가 천하에 다시없을 고집불통이라는 사실이다.

"그리고 하나 더, 주군께선 나도 모르는 불가사의한 능력이 있으시기 때문에 돌아가시거나 몸에 큰 이상이 생기지는 않으실 것이라고 믿는다."

"그건 군사님의 짐작일 뿐 확실한 것은 아니잖습니까?"

평소에 말이 없는 당검비가 불쑥 말했다.

그의 정확한 지적에 장하문은 애매한 표정을 지었다.

"그건 그렇지."

사실 장하문은 화운룡의 능력에 대해서는 자세히 모른다.

장하문이 이런 말을 꺼낸 원래 취지는 주군께서 이렇게까지 희생을 하셨으니까 너희들은 정말 잘해야 된다는 점을 강조하기 위해서였다. 그런데 그의 목적한 바를 이루기도 전에 난리가 나고 말았다.

십룡이위가 이 정도까지 화운룡을 신뢰하고 또 걱정하고 있다는 사실을 장하문은 이번 기회에 잘 알게 되었다.

"어쨌든 주군께서 그렇게까지 자신을 희생하면서 너희들의 생사현관을 타통시켜 주셨다는 얘기다."

언변 하면 장하문을 따를 자가 없다.

"그렇다면 너희들은 어떻게 해야겠느냐?"

십룡이위 중에서 가장 과묵한 전중이 가라앉은 목소리로 진지하게 말했다.

"제 목숨은 이미 주군께 바쳤습니다."

다들 진중하게 고개를 끄떡이고 주먹을 움켜쥐면서 자신들도 그렇다고 힘주어 말했다.

장하문은 서둘러서 마무리를 했다.

"죽을힘을 다해서 무공 연마를 해라."

십룡이위의 얼굴에 결연한 표정이 떠오르는 것을 보면서 장하문이 쐐기를 박았다.

"주군께 은혜를 갚으려면 무조건 강해져야 한다."

第八章

솔천사의 제자

　화운룡은 장하문이 걱정했던 것처럼 원기가 크게 손상되거
나 사라지지는 않았다.

　그래도 뭔가 모르게 몸 상태가 예전하고는 달라졌음을 느
낄 수가 있었다.

　가장 큰 변화는 공력의 회복이 예전에 비해서 현저하게 느
려졌다는 사실이다.

　예전에는 며칠만 지나면 태자천심운에 의해서 자동으로 공
력이 조금씩이라도 회복됐는데 지금은 열흘이 가까워 오는데
도 공력이 삼십 년에서 묶어놓은 것처럼 요지부동 꿈쩍도 하

지 않았다.

아마도 장하문을 비롯한 십룡이위 열세 명의 생사현관을 타통하느라 기력이 쇠약해진 탓에 공력이 회복되는 속도가 느려진 것 같았다.

몸이 최적의 상태를 유지하고 있어야 공력도 원활하게 회복되는 모양이다.

"후우우……."

그는 조금 전까지 청룡전광검 일초식과 이초식을 한 시진 동안 쉬지 않고 연마했다.

만약 예전의 공력을 지니고 있다면 청룡전광검 일초식만 있어도 충분하다.

그는 무적검신으로 지냈던 삼십여 년과 십절무황으로 보낸 삼십여 년 합쳐서 육십여 년 동안 청룡전광검 이초식을 전개해야 할 적수를 다섯 명 정도 만났다.

그렇기 때문에 삼초식과 사초식은 사람을 상대로 아예 전개해 본 적이 없었다.

그러나 그것은 공력이 무려 오 갑자 삼백 년에 이르렀을 시절의 얘기다.

공력 오 갑자였을 때가 화운룡이 칠십여 세였으며 이후 그는 조화지경에 이르러 천하에 적이 없었다.

말하자면 싸우는 일 자체가 없어졌고 그와 싸우겠다고 나서는 자가 아무도 없었다.

또한 그즈음의 그는 무기를 일체 사용하지 않았었다. 심검(心劍)이나 심강(心罡)처럼 마음만 먹으면 무형의 검과 강기를 일으키는 경지였기 때문이다.

그러나 지금 화운룡은 삼십 년 공력뿐이므로 싸움에 나서 죽지 않으려면 청룡전광검 사초식까지 다 필요하다.

무적검신 시절에는 삼십 장까지 쭉쭉 뻗어나가는 검기와 검강이 있었으니까 거치적거리는 것들은 검기와 검강으로 모조리 박살 내면 그만이었다.

그러나 지금의 그는 검기는커녕 검으로 만들어낼 수 있는 최하 단계인 검풍조차도 일으키지 못하는 신세라서 부족한 부분을 사초식까지의 다양한 변화로 메울 수밖에 없다.

수십만 번이나 전개했던 청룡전광검 일초식에 비해서 자주 사용하지 않았던 이초식을 연마하는 것이 어려웠다.

원래 일초식보다 위력 면에서나 초식 면에서 이초식이 어렵기는 하지만 삼십 년 공력의 화운룡이 체감하는 것은 열 배 이상 힘든 것 같았다.

사실 그는 요즘 하루가 다르게 조금씩 한계를 느끼고 있는 중이다. 육체적인 것이 아닌 정신적인 고뇌와 갈등이다.

천외신계의 음모가 오 년 전부터 중원에서 시작됐다는 원종의 말과 천외신계 최하급고수 북칠이팔의 실토를 두루 듣고 나서 화운룡의 고민이 시작됐다.

천하를 구해야 하는가, 아니면 내 주변만 건사하면 되는 것인가, 하는 고민이다.

"주군, 하룡입니다."

호흡을 어느 정도 가다듬은 화운룡이 다시 검법 연마를 시작하려는데 밖에서 장하문의 조용한 목소리가 들렸다.

장하문의 목소리가 가라앉고 진중한 것을 들으니 평범하게 대화나 하자고 찾아온 것은 아닌 듯했다.

"들어오게."

안으로 들어와서 공손히 허리를 굽힌 장하문은 바닥에 앉아 있는 화운룡의 맞은편에 털썩 앉았다.

"주군, 궁금한 것이 있습니다."

"내 집만 지킬 거야."

"……."

장하문은 의아한 얼굴로 화운룡을 쳐다보다가 곧 그의 말뜻을 깨달았다.

장하문은 '천외신계의 음모를 어떻게 하실 생각이십니까?'라고 물으려 했었다.

그런데 화운룡은 '내 집만 지키겠다'고 대답했다. 즉, 비룡은월문만 지키겠다는 뜻이다.

그는 장하문이 왜 찾아왔는지, 그리고 무엇을 물을 것인지 미리 짐작하고 있었다.

"주군."

장하문의 표정과 목소리가 좀 더 진지해지는 것을 보고 화운룡은 그가 이번에는 무엇을 물을 것인지 짐작했다.

곰곰이 생각했기 때문이 아니라 그냥 그의 목소리를 듣고 얼굴을 보니까 저절로 떠올랐다.

치열하게 싸우는 도중에 다음에는 어떤 초식을 전개할 것인지 고민하지 않아도 알아서 척척 나오는 것처럼, 이 역시 풍부한 경륜 덕분일 것이다.

"지난번에 만공상판이……."

"그는 내 신분을 알고 있다."

장하문은 이번에도 조금 전처럼 화운룡이 자신의 생각을 읽었다는 것을 알았다.

"무슨 신분입니까? 저도 알고 있습니까?"

장하문이 화운룡에 대해서 알고 있는 신분은 그가 미래에서 온 천하제일인 십절무황이라는 사실이다.

그런데 장하문의 짐작으로는 만공상판이 알고 있는 것은 그게 아닌 듯했다.

"자넨 모른다."

화운룡은 일어나서 검법을 연마하던 검을 벽에 걸고 무명 수건으로 얼굴의 땀을 닦으면서 문으로 걸어갔다.

장하문은 그가 검법 연마를 그만두고 대화를 하자는 뜻으로 알아듣고 그를 따랐다.

운룡재 삼 층 침실에 딸린 서재 겸 휴게실에 화운룡과 장하문이 마주 앉았고 도도가 술상을 차리는 중이며 보진은 한쪽에 장승처럼 뻣뻣하게 서 있었다.

보진이 화운룡을 호위할 때에는 창천이 옥봉을 호위하고 있을 것이다.

지금 시각은 술시(밤 8시경)로 무더운 한여름에는 초저녁이라고 할 수 있다.

평소라면 도도는 십룡위와 함께 자정까지 무공 연마를 하겠지만 오늘 밤은 화운룡이 장하문과 술을 마실 것이기 때문에 술시중을 자처하고 나섰다.

예전에는 화운룡의 몸종인 소랑이 그의 모든 시중을 들었지만 요즘은 도도가 술시중만 따로 자신이 하고 있다.

십룡위의 다른 사람들하고는 판이하게 다른 과정을 거쳐서 화운룡의 측근이 된 도도는 화운룡에게 은혜를 갚기 위해서 궂은일을 자처하고 있었다.

십룡위의 다른 모든 여자에게도 화운룡은 주군 그 이상의 특별한 존재겠지만 도도에겐 특별 그 이상이었다.

도도는 얼마 전에 생사현관을 타통하기 위해서 화운룡 앞에 누웠을 때 부끄럽기는 했지만 추호도 망설이지 않았다.

그렇지만 그가 추궁과혈수법으로 온몸을 파랗게 멍들도록 주무르고 난 이후 그녀의 영혼은 또 한 번의 허물벗기를 시도했다.

화운룡은 도도의 남자가 되었다. 화운룡은 그렇게 생각하지 않겠지만 그런 건 어쨌든 상관하지 않았다.

평소에 사모하고 있는 화운룡이 그녀의 온몸 구석구석까지 보고 주물렀기 때문에 이젠 빼도 박도 못할 상황이다.

생사현관 타통을 위해서 어쩔 수 없는 일이었는데도 도도는 거기에 자신의 사사로운 감정을 이입시켰다.

"이제 됐다."

정갈한 술과 요리가 다 차려지자 화운룡이 온화한 미소를 지으며 고개를 끄떡였다.

도도는 언제나 그랬던 것처럼 화운룡 옆에 다소곳이 앉아서 시중을 들기 시작했다.

장하문은 약간 떨어진 곳에 서 있는 보진과 도도에게 물러가라고 손을 저으려는데 화운룡이 만류했다.

"괜찮다."

화운룡은 요즘 들어서 비밀이니 뭐니 해서 측근들을 물리치고는 장하문과 단둘이 속닥거리는 행위가 좀 비겁하다는 생각이 들었다.

예전 십절무황 시절에는 비밀 같은 것은 완벽에 가깝도록 지키려고 했으며, 비밀을 지키지 못한 것 때문에 수하들이 벌을 받거나 심하면 죽음을 당하기도 했었는데 지금 생각하면 참으로 부질없는 짓이었다.

화운룡이 측근이랍시고 십룡이위라는 것을 만들어놓고는 그들을 따돌리고 뒷전에서 장하문하고만 속닥거리는 일은 될 수 있으면 하지 않으려고 했다.

이번 생에서는 그다지 비밀을 만들려고 하지도 않을뿐더러 측근들하고는 비밀이라는 것들을 다 공유하면서 희희낙락 웃으면서 지내고 싶다는 것이 그의 소박한 심정이다.

장하문이 표정으로 '괜찮으시겠습니까?'라고 물었다.

화운룡은 대답 대신 고갯짓으로 보진을 불렀다.

"한아, 너도 이리 오너라."

화운룡이 보진이라는 법명 대신 은한이라는 속명을 부르자 그녀는 보일 듯 말 듯 희미한 미소를 짓고는 탁자로 다가와서 화운룡 오른쪽에 앉았다.

두 여자가 화운룡 옆에 바싹 붙어 앉은 것이 아니라 그의 좌우에 보진과 도도가 서로 마주 보고 앉은 것이니까 그녀들은 장하문 옆에 앉은 것이기도 하다.

"마시자."

도도가 화운룡의 잔에 술을 따르자 보진은 자신의 잔에

술을 따르고 술병을 내려놓았다.

보진은 남자든 여자든 막론하고 화운룡 외에는 아무에게도 술을 따르지 않는다.

잠시 동안 말없는 가운데 네 사람은 묵묵히 술만 마셨다.

보진은 자신이 낄 자리가 아닌데 앉아 있는 것 같아서 좌불안석이지만 도도는 아랑곳하지 않고 화운룡의 술시중을 들면서도 그의 얼굴에서 잠시도 시선을 떼지 못했다. 도도는 혼자만의 세계에 있는 것 같았다.

탁……

화운룡이 술잔을 내려놓으며 도도에게 물었다.

"도도야, 몽연화주는 잘 익고 있느냐?"

"아……."

화운룡의 말에 갑자기 보진이 깜짝 놀랐다.

몽연화주라는 술은 천하에 하나뿐이며 보진이 너무도 잘 알고 있기 때문이다. 그런데 그것을 화운룡이 말하니까 놀랄 수밖에 없었다.

도도는 화사하게 미소 지었다.

"네, 주군. 아까 확인해 봤더니 아주 잘 있었어요. 조금 가져와 볼까요?"

"그 말을 들으니까 입에 침이 고이는구나."

도도는 발딱 일어나 쪼르르 달려갔다.

"금방 가져올게요."

장하문이 물었다.

"죽장몽개가 몽연화주를 좋아합니까?"

"껌뻑 죽지."

만공상판 원종은 천외신계에 대한 정보를 개방 장로이자 자신의 의제인 죽장몽개에게 들었다고 말했었다.

죽장몽개라면 화운룡이 잘 알고 있다. 화운룡이 삼십 대 시절에 우연히 죽장몽개를 만났었는데 서로 마음이 맞아서 술친구가 됐었다.

이후 화운룡은 승승장구 천하무림을 섭렵했으며 그의 전폭적인 지원 덕분에 죽장몽개는 다음 대 개방 방주에 올랐었다.

화운룡이 원종에게 북경에 가면 죽장몽개를 이곳으로 보내라고 하면서, 그에게 이곳에 오면 몽연화주를 마시게 해주겠다고 전하라 일렀다.

화운룡은 미소를 지었다.

"몽개가 젊었을 때 우연히 어떤 술을 마실 기회가 있었는데 그 술을 한 모금 마시고는 너무 맛있어서 감격하여 펑펑 울었다는 거야. 그 술이 바로 몽연화주야."

장하문은 의아한 표정을 지었다.

"죽장몽개가 그 술을 어디에서 마셨습니까?"

화운룡은 생각을 더듬었다.

"아마 지금으로부터 몇 년 전일 거야. 몽개가 아미파에 개방 방주 심부름을 갔었는데 혜오신니(慧悟神尼)가 내놓은 술이 몽연화주였어."

보진이 더 이상 참지 못하고 얼굴 가득 놀라는 표정으로 화운룡을 바라보았다.

"주군, 어떻게 그걸 아시는 건가요?"

화운룡은 빙그레 미소 지었다.

"혜오신니가 너의 사부였던 모양이구나."

"네. 제가 아미파에 있을 때인 칠 년 전인데 개방의 죽장몽개라는 분이 아미파에 심부름을 오신 적이 있었어요. 그때 사부님께서 그분께 몽연화주를 대접하라고 해서 제가 직접 술과 안주를 내드렸어요."

"호오… 이런 우연이라니!"

장하문은 탄성을 터뜨렸다.

"너는 몽연화주를 담글 줄 아느냐?"

화운룡의 물음에 보진은 고개를 가로저었다.

"몽연화주를 담그는 비법은 사부님 혼자만 알고 계세요. 사부님께서는 나중에 돌아가실 때가 되면 제자들에게 다 알려주시겠다고 웃으시면서 말씀하셨어요."

보진은 눈을 반짝이며 호기심 가득한 표정을 지었다.

"정말 도도가 담근 술이 몽연화주인가요?"

"내가 담갔다. 도도가 관리하고 있지."

보진은 믿을 수 없다는 표정을 지었다.

"아… 그걸 어떻게 주군께서?"

혜오신니가 제자들에게 가르쳐 주지 않은 몽연화주 담그는 법을 어떻게 화운룡이 알고 있는 것인지 보진으로선 궁금하기 짝이 없었다.

화운룡은 잠시 물끄러미 보진을 응시하다가 조용한 목소리로 말했다.

"혜오신니가 내게 직접 알려주었다."

"사부님을 만나신 적이 있나요?"

"그래."

"설마……."

우연도 이런 우연이 없다. 보진은 자신이 가장 존경하는 두 사람이 예전에 서로 만났었다는 사실이 믿어지지 않았다.

화운룡은 혜오신니를 만났던 때를 잠시 생각해 보았다.

"어느 해 가을이었는데 아마 시월 보름쯤이었을 게다. 혜오신니는 하북 옥령사(玉寧寺)에 가는 길이었다. 보현(寶賢)이라는 제자와 같이 있었으며 그녀들은 중도에 흑살신(黑殺神)이라는 자를 만나서 죽을 위기에 처해 있는 것을 내가 우연히 목격하여 구해주었다."

"……."

보진은 멍한 얼굴로 화운룡을 바라볼 뿐 입이 얼어붙었는지 아무 말도 하지 못했다.

그의 말은 알아들었는데 무슨 얘기를 하는 것인지 이해를 하지는 못했다.

보진의 사부 혜오신니는 매년 가을 시월 초하루에 아미파를 떠나 하북의 옥령사에 간다.

보진이 여덟 살에 출가하여 십이 년 동안 아미파 제자였는데 혜오신니는 한 해도 빠지지 않고 옥령사에 갔었고, 그때마다 보진에겐 큰언니뻘인 대제자 보현을 데리고 갔었다.

또한 보진은 악명 높은 흑살신이라는 별호를 들어본 적이 있었다. 예전에 사부 혜오신니가 속세에 내려갔다가 악행을 저지르는 흑살신을 혼내서 겨우 목숨만 살려준 적이 있다는 말을 사저들에게 들었다.

화운룡은 보진이 놀라는 것을 아는지 마는지 태연하게 말을 이었다.

"그때 흑살신이라는 놈이 추잡한 수법으로 혜오신니 사제를 중독시켜 몹쓸 짓을 하려는 것을 내가 흑살신을 죽이고 두 비구니를 해독시켜 주었지."

"주… 주군, 너무 엄청난 일이라서 저는……."

화운룡이 하는 말이라면 장강이 거꾸로 흐른다고 해도 믿는 보진이지만 지금 그가 하는 말은 도저히 앞뒤가 맞지 않아서 믿기가 어려웠다.

첫째, 올해 이십 세인 화운룡이 과거에 혜오신니를 만난 적이 있었다면 그가 열몇 살인 십 대 때라는 얘긴데 그게 이치에 맞지 않는 이야기이다.

하북 옥령사는 북경에서도 멀리 북쪽에 있는데 십 대인 화운룡이 여기에서 수천 리나 먼 거기에 무엇 하러 갔다가 혜오신니를 만났다는 말인가.

둘째, 백번 양보해서 화운룡이 십 대 때 혜오신니를 만났다고 하더라도 흑살신이라는 마두(魔頭)는 매우 고강하고 악독해서 혜오신니조차도 겨우 제압했다는데 십 대인 그가 어떻게 흑살신을 죽이고 혜오신니를 구했는지 이해가 되지 않았다.

"내게 구명지은을 입은 혜오신니는 갖고 있던 술을 대접했는데 그 술이 바로 몽연화주였다. 술이 너무 맛나서 내가 술 담그는 법을 물었더니 혜오신니가 흔쾌히 가르쳐 주더군."

거기까지 듣고서 보진이 할 수 있는 말은 하나뿐이다.

"주군, 농담이시죠?"

화운룡이 한 말은 농담이어야만 이치에 맞는다.

"허허… 농담 같으냐?"

그는 영감처럼 너털웃음을 웃을 뿐 진위를 가려주지 않았다.

보진이 생각해 봐도 화운룡의 말은 너무도 정확해서 농담이라고 할 수가 없었다. 하지만 지금 상황에서는 농담이어야지만 말이 된다.

*   *   *

도도가 고급스러운 옥병을 가져와서 뚜껑을 열자 심신이 상쾌해지는 그윽한 주향이 실내에 잔잔하게 퍼졌다.

"도대체 이건……."

몽연화주 주향을 맡아본 것은 물론이고 열 번 이상 먹어본 적이 있는 보진은 망연자실하고 말았다. 지금 맡고 있는 주향은 몽연화주가 분명했다.

도도는 신바람이 나서 제일 먼저 화운룡의 잔에 술을 따르고 모두의 잔에도 골고루 따랐다.

"주군, 저는 술에 대해서는 잘 모르지만 이 술은 정말 잘 익었어요. 주향만 맡아도 꿈길을 걷는 것만 같다니까요?"

보진은 자신의 앞에 놓인 연분홍색의 액체가 가득 담긴 술잔을 굽어보며 꿈을 꾸는 듯한 표정을 지었다.

마셔보지 않고 주향만 맡아봐도 몽연화주가 분명하다. 천하에 사부 혜오신니 혼자만 아는 몽연화주 담그는 법을 어떻게 화운룡이 알고 있는지 보진은 혼절할 지경이다.

"크으……."

"캬아……."

"아아……."

술을 마신 화운룡과 장하문, 도도가 각기 다른 탄성을 터 뜨리며 엄지손가락을 치켜세웠다.

화운룡은 빈 술잔을 도도에게 내밀며 싱글벙글했다.

"과연… 이렇게 좋은 맛이니 내가 명림(明琳)을 좋아하지 않 을 수가 없다니까?"

"주, 주군!"

술을 마시고 잔을 내려놓으려던 보진이 혼비백산해서 발딱 일어섰다.

명림은 혜오신니의 어릴 적 속명이다. 그걸 아는 사람은 아 미파 내에서도 극소수에 불과하고 혜오신니를 '명림'이라고 부 를 수 있는 사람은 장문인이나 혜오신니보다 연배가 높은 장 로들뿐이었다.

십 대 때 혜오신니를 만났을 화운룡이 그녀를 거침없이 '명 림'이라고 부르는 것 역시 보진을 황당하게 만들었다.

"한아, 몽연화주가 맞느냐?"

화운룡이 물었지만 넋이 나간 보진은 대답하지 못하고 일 어선 채 물끄러미 그를 바라보기만 했다.

화운룡은 더 이상 혜오신니에 대해서 말하지 않았다.

대신 장하문이 궁금하게 여기는 것을 얘기했다.

"하룡, 십존왕이 누군지 알겠지?"

"압니다."

화운룡이 비로소 본론을 꺼내자 장하문은 자못 긴장했다.

비룡은월문을 치러 온 당평원을 감시하던 천외신계의 졸개 북칠이팔이 만공상판에게 붙잡혀서 실토한 천외신계에 대한 여러 내용 중에 서열에 대한 것이 있었는데 십존왕은 천황족을 제외하고 천외신계 서열 사 위였다.

존동오왕과 존북오왕 열 명이 십존왕이라고 했다.

북칠이팔을 신문하는 자리에 장하문도 있었으므로 그런 사실들을 잘 알고 있었다.

"십존왕이 무엇 때문에 솔천사를 죽였다고 생각하나?"

장하문은 그동안 자신이 혼자서 끙끙거리며 생각했던 것을 조심스럽게 얘기했다.

"혹시 솔천사는 천중인계 사람입니까?"

"그렇다."

"아……."

장하문은 자신이 고심 끝에 내린 결론이 맞는 것을 확인하자 칼에 찔린 듯이 먹먹해졌다.

"만공상판은 천중인계와 솔천사에 대해서 알고 있었군요?"

"그런 것 같더군."

"천중인계가 실제로 존재했습니까?"

사람들은 삼천계의 천상성계와 천중인계, 천외신계가 그저 전설인 줄만 알았으며 장하문도 그중 한 명이었다.

장하문은 비록 유각서주(有脚書廚) 다리가 있는 서재라고 불릴 정도로 박식하지만 전설인 삼천계에 대해서는 많이 알고 있지 못했다.

전설에 의하면 천상성계가 지상의 사람들을 천외신계로부터 구하기 위해서 선인을 보내 천중인계를 만들었다고 했다.

장하문은 천외신계가 오 년 전부터 중원에서 모종의 음모를 꾸미고 있었다는 얘기를 만공상판에게 들었다.

그렇다면 천외신계는 실제로 존재한다는 것이고, 아울러 천상성계와 천중인계도 전설만은 아니라는 의미다.

장하문과 보진, 도도는 눈도 깜빡이지 않고 숨을 멈춘 채 화운룡을 주시했다.

보진과 도도는 난데없이 천외신계에 이어서 천중인계라는 말이 나오자 극도로 긴장했다.

그녀들 면전에서 화운룡의 입을 통해 전설이 현실이 되고 있는 중이다.

화운룡은 술잔을 들고 가볍게 고개를 끄떡였다.

"천중인계는 존재하고 있네."

"아아……."

세 사람 입에서 동시에 탄성이 터져 나왔다.

장하문은 흥분을 감추지 못했다. 지난번 화운룡이 만공상판 원종하고 대화할 때 솔천사가 자신의 사부라고 말한 것을 기억하기 때문이다.

"그렇다면 십존왕이 솔천사를 죽인 것은 그가 천중인계 사람이기 때문이었군요? 천외신계가 중원천하를 도모하려면 천중인계가 가장 큰 걸림돌이 될 테니까 말입니다."

"그렇다."

장하문은 마른침을 삼켰다. 이제 물어야 하는 것이 매우 중요하기 때문이다.

"주군께서 솔천사의 제자이십니까?"

장하문이 몹시 긴장하고 있는 것에 비해서 화운룡은 담담한 미소마저 머금었다.

"그렇다고 할 수 있고, 아니라고도 할 수 있지."

보진과 도도는 이런 얘기를 처음 듣지만 화운룡과 장하문의 대화만 듣고서도 어떤 내용인지 충분히 짐작하고는 혼이 달아날 정도로 경악하고 있다.

대저 천상성계와 천중인계, 그리고 천외신계가 무엇을 뜻하는가. 그 전설이 두 사람에게서 쏟아져 나오고 있었다.

두 여자는 입을 벌리고 눈을 커다랗게 뜬 채 화운룡에게서 시선을 떼지 못했다.

심각한 표정의 장하문은 화운룡의 대답을 듣고 그럴 수도 있다고 생각했다.

왜냐하면 화운룡이 한 번 살았던 생에서는 솔천사를 만나 사부로 모셨지만, 현재의 생에서는 아직 솔천사를 만나기 전이기 때문이다.

그러니까 화운룡은 솔천사의 제자일 수도 있고 아닐 수도 있었다.

"그렇군요."

장하문은 고개를 끄떡였다.

아까 화운룡은 '내 집만 지키겠다'고 말했다. 그것은 천외신계가 천하를 어떻게 하든지 비룡은월문과 가족, 측근만 지키겠다는 뜻이었다.

그러니까 그는 이전의 생에서 솔천사의 제자였던 사실을 받아들이지 않고 아직 솔천사를 만나지 않은 생을 살아가겠다는 것이다.

"알겠습니다."

장하문은 공손히 고개를 숙였다.

그는 화운룡이 천외신계로부터 천하를 지켜야 한다고 생각하거나 그래야 한다고 그를 설득하지 않았다.

어떻게 해야 하는지 장하문 자신이 아직 생각이 정리되지 않았으며, 설혹 생각이 정리됐다고 해도 그는 군사일 뿐이니까 화운룡이 묻지 않는 이상 이렇게 해라 저렇게 해라 왈가왈부할 수가 없는 입장이었다.

또한 그는 화운룡이 팔십사 세까지 살았고 또 천하제일인이었기에 자신보다 몇 배나 똑똑하고 박식하며 경험이 풍부하다고 믿었다. 그렇기 때문에 그는 매사에 현명할 테고 그의 결정은 옳을 것이다.

주군이 한 번 내린 결정에 대해서 군사가 할 일은 무조건 따르는 것뿐이다.

"주군, 저는 아직 이해가 되지 않아요."

아까부터 골똘하게 생각에 잠겼던 보진이 결국 참지 못하고 입을 열었다.

"주군께서 어떻게 사부님을 그렇게 잘 아시는 건지 궁금해서 견딜 수가 없어요."

화운룡은 온화하게 미소 지었다.

"한아, 내가 설명을 해도 너는 이해하거나 믿지 못할 거야."

"말씀해 주세요. 주군의 말씀이라면 뭐든지 믿어요."

보진의 사부인 혜오신니는 지금으로부터 십이 년 후 시월 보름께에 하북 옥령사에 가다가 흑살신에게 급습을 당해서 위험에 처하게 된다.

흑살신은 혜오신니와 보현에게 두 가지 독을 사용했는데 그중 하나가 춘약(春藥)이었다.

흑살신은 춘약에 중독된 혜오신니와 보현을 겁탈하려고 했으나 목적을 이루지 못하고 화운룡의 검에 목이 잘라져서 즉사하고 말았다.

원래 춘약이라는 추잡한 것에는 해독약이 없다. 오로지 남자와 몸을 섞어야지만 목숨을 구할 수 있다.

그래서 무림에서는 춘약을 사용하는 자를 파렴치한으로 여겨서 가장 증오한다.

그 당시 혜오신니는 사십팔 세, 보현은 삼십육 세였다. 그러니까 현재의 혜오신니는 삼십육 세고 보현은 이십사 세라는 얘기였다.

혜오신니와 보현을 구하려면 화운룡이 그녀들과 몸을 섞을 수밖에 없는 상황이었다.

그렇지만 화운룡은 절세의 신공인 무극사신공을 오 성까지 터득한 터라서 그녀들과 몸을 섞지 않고서도 구할 방법이 있었다.

다만 그러기 위해서는 만병통치와도 같은 추궁과혈수법을 사용해야만 했다.

추궁과혈수법으로 두 비구니의 몸에서 춘약을 배출시켜야 하는데 화운룡은 그녀들을 살리기 위해서 결국 그렇게 했다.

장하문은 과연 화운룡이 이 난국을 어떻게 타개할지 궁금하여 조용히 사태를 지켜보았다.

"자네, 왜 웃나?"

그런데 장하문은 미소를 짓고 있었다. 사태가 너무 흥미진진해서 자신도 모르게 내심이 겉으로 내비친 것인데 화운룡이 그걸 지적했다.

장하문은 빙그레 미소 지으며 솔직하게 말했다.

"과연 주군께서 이 난관을 어떻게 헤쳐 나가실지 자못 궁금해서 말입니다. 재미있지 않습니까?"

"못된 놈."

화운룡이 꾸짖어도 장하문은 싱글벙글했다.

"어서 말씀해 주십시오. 이러다가 보진이 궁금해서 숨넘어가겠습니다."

화운룡은 술잔을 내려놓고 두 손을 비볐다.

"좋아. 말해주마."

세 사람은 긴장한 얼굴로 화운룡을 주시했다.

장하문은 그가 정말 자신에 대해서 솔직하게 고백하려는 것인지, 두 여자는 과연 그가 무슨 말로 자신들을 놀라게 하려는 것인지 잔뜩 기대 어린 표정이었다.

척!

그때 문이 급히 열리며 창천이 불쑥 들어섰다.

"주군."

화운룡이 묻기도 전에 창천이 굳은 표정으로 보고했다.

"운룡재에 뭔가 있는 것 같습니다."

화운룡을 비롯하여 장하문과 십룡이위가 운룡재를 완전히 봉쇄한 후에 운룡재 안팎을 구석구석 뒤졌으나 수상한 자는 발견하지 못했다.

아닌 밤중에 소동을 일으킨 장본인 창천은 죄스러운 표정을 지었다.

"제가 과민했던 것 같습니다. 죄송합니다."

화운룡의 침실이 있는 삼 층 내부를 구석구석 돌면서 점검을 하고 있던 창천은 삼 층 내부나 혹은 지붕에서 이상한 기척을 느꼈다는 것이다.

그래서 삼 층 내부를 샅샅이 뒤졌지만 수상한 점을 발견하지 못했고, 자신의 호위 구역인 삼 층을 내버려 둔 채 일 층과 이 층, 그리고 외부를 살필 수가 없어서 최종적으로 화운룡에게 이 사실을 보고했다고 한다.

"잘했다. 이상이 있으면 보고를 해야지."

"죄송합니다."

화운룡이 잘했다고 칭찬하는데도 창천은 송구한 표정을 지우지 못했다.

설혹 운룡재 안팎에서 수상한 점을 발견하지 못했더라도 화운룡은 창천 덕분에 전혀 생각하지도 않았던 경각심을 일깨울 수 있게 되었다.

무림의 가장 낮은 곳에서 시작하여 더 이상 오를 수 없는 가장 높은 곳까지 올랐던 화운룡으로서는 무림의 수만 가지 수법이나 권모술수에 대해서 매우 해박한 편이다.

잔뜩 경계하고 있을 때 찾아오는 것은 위험이 아니다. 위험이라는 놈은 언제나 방심하고 있을 때 들이닥친다.

화운룡은 어쩌면 지금이 그때일지도 모른다고 생각했다.

장하문은 창천과 보진을 제외한 십룡위를 두 명씩 다섯 개 조로 나누고, 각 조가 비룡검대 무사 다섯 명을 이끌고 한 시진씩 운룡재 안팎을 경계하도록 했다.

창천은 운룡재 삼 층 화운룡 침실 밖을, 그리고 보진은 안에서 호위를 하게 했다.

침상 옆에는 잠옷을 갈아입은 옥봉이 다소곳이 앉아서 화운룡을 기다리고 있다.

"어머니를 모셔올까요?"

주천곤은 화운룡의 거처 같은 삼 층에 있는 침실을 사용하고 있으며 사유란은 하루 종일 남편 곁에 있다가 늦은 밤이 되면 침실로 돌아와서 자기를 반복하고 있었다.

화운룡이 고개를 끄떡이자 옥봉이 보진에게 사유란을 모셔오라고 시켰다.

잠시 후에 보진이 사유란을 안고 침실로 돌아왔다.

"잠드셨습니다."

아담하면서도 마른 체구의 사유란은 보진에게 안겨서도 세상모른 채 잠에 빠져 있다.

화운룡이 사유란을 받아서 커다란 침상에 눕혔다.

옥봉이 안쓰러운 표정으로 사유란을 굽어보았다.

"어머니는 건강이 더 안 좋아지신 것 같아요."

주천곤이 돌아온 이후 사유란은 하루도 빠짐없이 그의 곁을 지키고 있기 때문에 원래 좋지 않았던 몸이 점점 더 허약해지고 있었다.

화운룡이 옥봉을 위로했다.

"내일 어머니께 좋은 보약을 지어드려야겠어."

"그렇게 해주시겠어요?"

"진작 해드렸어야 하는데 어머님께 죄송하군."

화운룡은 옥봉을 번쩍 안아 들었다.

"자자, 옥봉."

"어맛?"

그동안 체구가 우람해진 화운룡에 비해서 반에 반도 되지 않을 듯한 체구인 옥봉은 그에게 안겨서 화들짝 놀라 발을 동동 굴렀다.

"보진 무사가 보잖아요."

화운룡은 옥봉 뺨에 입을 맞추었다.

"보면 어때? 우리가 나쁜 짓을 했나?"

보진은 고개를 돌리며 훈훈한 미소를 지었다.

옥봉은 허전함에 잠이 깼다.

'용공……'

그녀는 눈을 뜨고 화운룡을 더듬었지만 언제나 잘 때면 손과 팔, 그리고 온몸에 느껴지던 그가 만져지지 않았다.

옥봉은 부스스 일어나 앉았다. 화운룡의 자리는 비어 있고 그 너머에 이쪽을 향해 누워 하얀 팔과 다리를 뻗고 있는 사유란의 모습이 희미하게 보였다.

화운룡은 없는데 옥봉과 사유란 두 여자가 서로 마주 보는 자세로 자고 있었다.

옥봉은 화운룡이 측간에 갔을 것이라고 생각하여 그대로 앉아서 잠시 기다리기로 했다.

"공주님."

옥봉이 일어난 기척을 느끼고 옆 침상에서 자고 있던 보진이 잠옷 차림으로 일어나 다가왔다.

옥봉은 저만치 한껏 줄여놓은 유등 불빛에 비친 보진을 보면서 미소를 지었다.

"용공께서 측간에 가셨나 봐."

보진은 침상에 화운룡이 없는 것을 보고 움찔했다.

그녀는 화운룡이 일어나는 기척을 추호도 감지하지 못했다.

화운룡이 술을 마신 날은 아주 가끔 자다가 측간에 가지만 그때마다 보진은 잠에서 깨어 그를 측간까지 호위했다.

그런데 오늘 밤에는 화운룡이 한 번도 측간에 간 적이 없었다.

그때 문득 보진은 아까 창천이 운룡재 삼 층 어디에선가 이상한 기척을 감지했다면서 한바탕 난리법석을 떨었던 것이 기억났다.

'설마……'

보진의 얼굴이 해쓱하게 변했다.

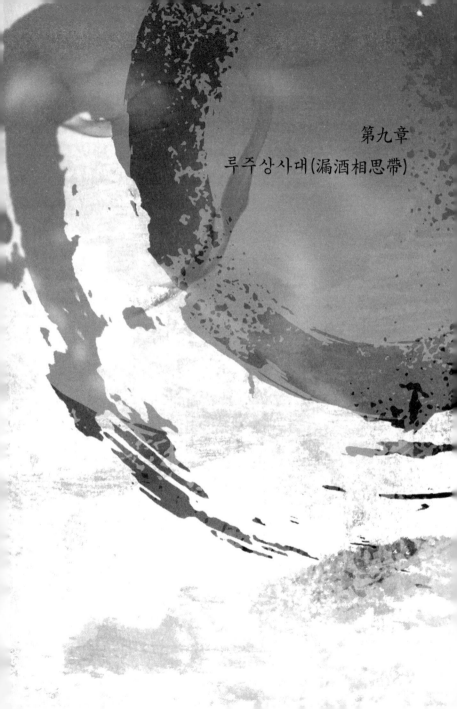

第九章
루주상사대(漏酒相思帶)

　화운룡은 옥봉과 사유란이 자신의 양쪽 어깨를 베고 가슴과 배에 팔과 다리를 얹은 것이 오늘따라 매우 무겁게 느껴졌지만 그녀들이 깰까 봐 몸을 뒤척이지는 않았다.

　그런데 눈을 감고 있는데 눈꺼풀 밖이 환했다. 그는 언제나 동이 트기 전에 깨어나서 무공 연마를 하는데 벌써 날이 밝았다니 조금 어이가 없었다.

　그런데 이 밝음은 창으로 쏟아져 들어오는 햇살이 아니라 유등의 불빛이다.

　그리고 냄새로 느껴지는 유등이 타는 기름 냄새는 운룡재 삼 층에서 사용하는 송진유(松津油)가 아닌 다른 냄새다.

이제 보니 그의 양쪽 어깨와 몸에서 느껴지는 묵직함은 옥봉과 사유란의 무게에 의한 것이 아니라 몸 자체가 물먹은 솜처럼 무겁기 때문이었다.

그의 풍부한 경험이 이 모든 것을 종합했을 때 얻을 수 있는 결론은 한 가지였다. 지금 그가 있는 곳이 운룡재가 아니라는 것, 그리고 그가 누군가에게 납치됐다는 사실이다.

그런 결론을 내렸지만 그는 추호도 놀라지 않았으며 당황하지도 않았다.

예전에 그는 이보다 몇 배 더한 상황들을 셀 수도 없을 만큼 많이 겪었다.

그런 상황 때마다 일일이 당황하고 걱정이 늘어졌다면 제명대로 살지 못했을 것이다.

그에게 또 다른 이름을 지어준다면 아마도 '강심장'이라고 할 수 있을 것이다.

그는 눈을 뜨기 전에 자신을 납치할 만한 가능성이 있는 자들을 뇌리에 떠올려 보았다.

운룡재 삼 층 침실 내의 바로 옆 침상에서 보진이 자고 있었으며, 침실 밖에는 창천이 지키고 있었다.

또한 운룡재 안팎을 십룡위 두 명이 비룡검대 무사 다섯 명과 함께 밤새 경계하고 있는 중이었다.

그걸 뚫고 화운룡을 납치했다면 절정고수 중에서도 초절정고수이거나 잠입과 은둔의 대가여야 한다.

일단 그를 납치했을 가능성이 있는 것들 중에서 태사해문과 통천방, 광덕왕은 차례대로 하나씩 제외했다.

그들은 화운룡을 납치할 만한 이유가 약하고, 설혹 납치할 의도였다고 해도 그럴 만한 초절정고수를 화운룡에게까지 보낼 여력이 없다.

그렇다면 가장 가능성이 높은 것은 천외신계다. 그들은 솔천사의 제자, 즉 사신천제를 찾으려고 했을 테고 그들이 화운룡을 납치했다면 제대로 찾은 것이다.

두 번째는 가능성이 조금 낮기는 하지만 그래도 화운룡을 이런 식으로 능히 납치할 만한 이유와 능력을 갖춘 집단이다.

"깨어났으면 눈을 떠라."

화운룡은 주위에 아무도 없는 줄 알았는데 바로 옆에서 조용한 목소리가 들렸다.

화운룡은 천천히 눈을 떴다.

평범한 모습의 천장과 벽, 그리고 오른쪽 옆에 앉아 있는 세 사람이 보였다.

화운룡은 침상에 누워 있고 침상 옆 의자에 한 사람이 앉아 있으며 그 뒤에 두 사람이 서 있는데, 뜻밖에도 세 명 다 화운룡이 잘 아는 얼굴이다.

이들이 화운룡을 납치했을 줄은 예상하지 못했다. 그렇지만 전혀 가능성이 없는 것은 아니었다.

그는 일단 자신이 천외신계에게 납치된 것이 아니라는 사실에 화운룡은 안도했다.

그를 납치한 자들은 가능성이 낮다고 생각했던 신비 집단의 사람들이었다.

화운룡은 자신을 납치한 세 명을 보고는 자신도 모르게 저절로 미소가 떠올랐다.

"웃어?"

화운룡의 입가에 떠오른 미소 때문에 의자에 앉아 있는 여자의 얼굴이 차갑게 변했다.

화운룡은 지금 차가운 표정으로 자신을 쏘아보고 있는 여자, 아니, 소녀가 누군지 잘 알고 있다.

소홍예(蘇紅霓). 예전에 그녀는 화운룡보다 세 살 어렸으니까 지금쯤 열일곱 살일 것이다.

화운룡은 설마 말괄량이 홍예가 자신을 납치했을 것이라고는 상상하지 못했다.

그렇지만 어느 누구라도 홍예가 어리다고 얕보고 대했다간 큰코다칠 것이다.

그것은 화운룡도 예외가 아니다. 예전 같으면 홍예는 그의 상대가 되지 못했지만 삼십 년 공력뿐인 지금의 화운룡으로서는 자칫 말실수라도 해서 홍예의 비위를 상하게 하는 날이면 뼈도 추리지 못할 것이다.

그녀에게는 정말 조심스럽게 접근해야만 할 것이다. 결국에 가서는 그녀나 그녀의 모친이 화운룡의 말을 믿게 되겠지만 그걸 증명하는 길이 꽤나 험난할 테고, 그때까지 홍예의 비위를 거슬러서 반죽음을 당하거나 까딱 잘못하면 죽을 수도 있으니까 조심해야만 했다.

그런 생각을 하고 나니까 화운룡의 얼굴에서 웃음기는 사라졌지만 그렇다고 현재 상황을 두려워하거나 긴장하는 기색은 전혀 찾아볼 수가 없었다.

자신을 납치한 상대가 누군지 알았기 때문이다. 이들은 적이 아니라 동료다.

그러고 보니까 지난밤에 창천이 감지했던 기척은 이들이었던 모양이다.

이들이 운룡재에 잠입해서 몰래 지켜보고 있던 기척을 창천이 미세하게 감지했던 것이다.

몸에 찰싹 달라붙은 새빨간 홍의를 입은 홍예는 화운룡이 미소를 거두기는 했지만 여전히 어떤 뜻 모를 미묘한 표정을 짓고 있는 것을 매우 못마땅하게 굽어보았다.

"너는 이 상황이 재미있느냐?"

홍예는 투명한 계류가 맑은 소리를 내며 흐르는 것 같은 청아한 목소리를 붉은 입술 사이로 흘려내며 초승달 같은 눈썹을 살짝 찌푸렸다.

화운룡은 몸을 움직이려고 했지만 손가락 하나 까딱할 수가 없다.

마혈이 제압된 모양이다. 그랬기에 몸이 찌뿌듯하고 무거웠던 것이다.

그는 눈동자를 굴려서 홍예와 그녀 뒤에 서 있는 두 명을 쳐다보려고 했으나 그들이 누구인지 알아볼 수 있을 정도이며 제대로 잘 보이지는 않았다.

"누워 있으니 불편하다. 혈도를 풀든가 앉혀주겠나?"

말을 할 수가 있는 걸 보니 아혈을 제압하지는 않았다.

화운룡의 느긋한 말투에 홍예의 눈썹이 조금 더 찌푸려졌다.

그녀는 사람을 납치해 본 경험이 없지만 상식적으로 밤에 잠을 자다가 쥐도 새도 모르게 누군가에게 영문도 모른 채 납치를 당하고 깨어났으면 제일 먼저 두려워해야 마땅한데, 이 작자는 태연해도 지나치게 태연하다. 더구나 느긋하게 미소까지 짓지 않았던가.

홍예가 고개를 끄떡이자 뒤에 선 두 명 중에 한 명이 아주 가볍게 화운룡을 일으켜서 홍예를 마주 보도록 침상에 책상다리로 앉혀놓았다.

그제야 화운룡은 홍예와 그녀의 호위고수인 건곤쌍쾌(乾坤雙快)를 제대로 보게 되었다.

건곤쌍쾌. 건쾌(乾快)와 곤쾌(坤快)는 쌍둥이 남매이며 건쾌가 누나고 곤쾌가 동생이다.

예전에 화운룡이 가장 활동적이었을 시기에 이들을 만났으며, 지금으로부터 칠 년 후 그가 이십칠 세 때였으니까 홍예는 이십사 세, 건곤쌍쾌는 이십구 세 때다.

화운룡은 십칠 세의 홍예를 보니까 아직 어린 소녀티를 벗지 않은 모습이라서 귀엽다는 생각이 들었다.

그러나 이 어린 소녀가 장차 천하 대강남북을 들었다가 놨다 하는 성질 급하고 차가운 냉혈녀가 될 것이라는 생각을 하자 마냥 귀엽게만 보이지는 않았다.

"화운룡, 내가 묻는 말에 고분고분 대답하면 고통스럽게 하지는 않겠다."

홍예가 성격하고는 판이한 맑은 목소리로 말하면서 화운룡을 똑바로 직시했다.

그녀는 화운룡의 이름을 알고 있다. 하긴 납치하는 사람의 이름 정도를 알아내는 것은 어렵지 않았을 것이다.

화운룡의 입가에 다시 부드러운 미소가 떠올랐다. 눈앞의 소녀와 무려 오십칠 년 동안 한솥밥을 먹었으며 그가 우화등선을 시도하기 불과 몇 시진 전에도 같이 식사를 했던 일이 생각났기 때문이다.

"한 번만 더 웃으면 이빨을 모조리 뽑아버리겠다."

홍예가 살얼음을 풀풀 날리듯이 중얼거렸다.

화운룡은 즉시 미소를 지웠다. 홍예가 이빨을 모조리 뽑겠다고 하면 반드시 그러고 말 성격이라는 걸 알기 때문이다.

그는 웃음을 지우고, 그러나 여전히 느긋하게 입을 열었다.

"뭐가 궁금하냐?"

홍예는 눈가루가 흩날리듯 싸늘한 표정으로 화운룡을 쏘아보며 차분하게 물었다.

"네가 북경 만경루에 만공상판을 보냈느냐?"

"그렇다."

화운룡은 만공상판 원종에게 북경에 가면 만경루에 가서 가접호를 찾아 루주상사대(漏酒相思帶)라고 말하라 일렀다. 그렇게 하면 천하제일 비응신과 거래를 틀 수 있을 것이라고도 말해주었다.

비응신은 매우 특수한 집단으로서 청부받은 서찰이나 물건, 심지어 사람까지 가장 빠르고 안전하게 목적지에 전달해주는 일을 하는데 이날까지 단 한 차례도 실패를 한 적이 없다.

또한 비응신은 수백 년 동안 천하에서 활동하고 있지만 자신들의 오랜 고객, 즉 단골하고만 거래를 하는 탓에 신비에 가려져 있는 집단이다.

그렇지만 지금까지 비응신의 연락 장소 중에서 본거지라고 할 수 있는 북경 만경루의 루주 가접호를 직접 찾아와서 '루주상사대'라고 말한 인물은 아무도 없었는데 원종이 최초의 인물이 된 것이다.

홍예는 흑백이 또렷한 커다란 눈을 깜빡였다.

"만공상판의 말에 의하면 자신의 주인이 보냈다던데 네가 그의 주인이냐?"

"그렇다."

홍예와 건곤쌍쾌의 표정이 가볍게 변했다. 백무신의 한 명인 만공상판을 화운룡이 종으로 부린다는 사실은 무림에 전혀 알려져 있지 않았다.

그런데 만공상판의 주인이 강소성 시골의 작은 소문파 문주라는 사실이 더 놀라웠다.

그렇지만 홍예가 화운룡을 찾아오고 그를 납치한 목적은 따로 있으므로 그가 만공상판의 주인이라는 사실에 그다지 놀라지는 않았다.

이어서 홍예는 자신이 이곳까지 직접 와서 화운룡을 납치한 본론을 꺼냈다.

"너는 루주상사대를 어떻게 알고 있느냐?"

화운룡은 느긋하게 대답했다.

"하일군재래는 세상 사람들이라면 다 아는 노래인데 그중에 한 구절인 루주상사대라고 말한 것이 뭐가 중요하더냐?"

"너."

'루주상사대'란 눈물로 빚은 술이 그리움을 몰고 온다는 뜻으로 하일군재래, 즉 '임은 언제 다시 올까'라는 옛 노래의 가사 중에 한 소절이다.

사실 홍예는 크나큰 희망과 기대를 안고 이곳까지 한달음에 달려왔다.

'루주상사대'라는 말은 홍예의 부모끼리 만든 아무도 모르는 암호였다.

십오 년 전, 홍예가 두 살 때 그녀의 아버지 소진청(蘇眞淸)은 집을 떠나 아주 먼 곳에 가야만 할 일이 생겼다.

그 일은 가문의 선조 대대로 내려오는 매우 중대한 가업이라서 소진청은 그곳에 갈 수밖에 없었다.

소진청은 집을 떠나면서 아내 염교교(艶姣姣)에게 말했다.

"교 매, 누군가 당신에게 '루주상사대'라고 말하면 나인 줄 아시오. 혹시 내가 아니더라도 내가 보낸 사람이니 그의 부탁을 거절하지 마시오."

말하자면 '루주상사대'는 소진청과 염교교 부부의 약속이었다.

그러나 소진청은 집을 떠난 지 십오 년이 지나도록 감감무소식 돌아오지 않았다.

염교교와 소홍예 모녀는 눈물로 그를 기다리면서 가슴이 시퍼렇게 멍이 들어갔다.

그러던 차에 얼마 전에 느닷없이 북경 만경루 염교교의 가게에 누군가 나타나 '루주상사대'라고 말하면서 일거리를 맡기는 일이 생겼다.

자그마치 소진청이 집을 떠난 지 십오 년 만에 '루주상사대'라고 말하는 사람이 나타난 것이다.

그 사람은 염교교의 남편 소진청이 아니라 뜻밖에도 강호의 괴객(怪客)이라고 불리는 만공상판이었다.

만공상판은 만경루주 가접호에게 서찰을 한 통 주면서 강소성 태주현 비룡은월문의 화운룡에게 전해달라고 말했다.

가접호가 만공상판에게 어떻게 '루주상사대'를 알고 있느냐고 물으니까 자신은 아무것도 모르며 자신의 주인이 가르쳐주었다고 대답했다.

그래서 염교교는 만공상판이 주인이라고 말한 태주 비룡은월문의 화운룡에게 딸 홍예와 건곤쌍쾌를 보낸 것이다.

어쩌면 화운룡이라는 사람이 남편일지도 모른다는 한 가닥 기대와 남편이 아니더라도 최소한 남편의 소식을 알고 있을 것이라는 희망을 품고서 말이다.

몹시 중요하고도 급한 일이 생기지 않았다면 염교교가 직접 이곳으로 왔을 것이다.

그런데 홍예가 비룡은월문에 잠입하여 화운룡이라는 인물을 직접 보니까 잘생기기는 했지만 아버지 소진청이라고 하기에는 지나치게 젊어서 크게 실망했다.

그래서 기회를 엿보다가 자고 있는 그를 납치했다. 당연히 그에게 아버지의 행방에 대해서 물으려는 의도였다.

홍예가 보기에 화운룡은 범상한 인물이 아닌 듯했다. 그렇기에 납치된 상황에서도 느긋하게 미소를 지으며 오히려 홍예를 슬슬 약 올리고 있지 않은가.

또한 홍예는 화운룡이 아버지에 대해서 뭔가 알고 있을 것이라고 짐작했다. 아니, 그것은 간절한 소원이다.

홍예는 화를 가라앉히려고 숨을 길게 들이마시고 내쉬었다.

"너 루주상사대라는 말을 누구에게 들었느냐?"

화운룡은 어린 홍예가 꼬박꼬박 반말을 하는 것이 거슬렸다.

"내 수하에게 들었다."

홍예는 아버지가 새파랗게 젊은 화운룡의 수하일 리가 없다고 생각했지만 발작하지 않고 인내심을 갖고 다시 물었다.

"다시 묻겠다. 이번에는 제대로 대답해야 할 거야. 안 그러면 갈비뼈가 부러질 테니까. 너는 만경루에 가서 루주상사대라고 말하라는 말을 누구에게 들었느냐?"

"내 수하에게 들었다."

"이놈!"

그 순간 홍예가 차가운 얼굴로 가볍게 오른손을 흔들었다.

퍽!

"허윽!"

다음 순간 한 줄기 묵직한 경력이 화운룡 가슴 한복판에 정통으로 적정됐다.

쿵!

"크윽……."

그는 뒤로 붕 날아가 뒷머리와 등을 벽에 모질게 부딪치고는 침상에 널브러졌다.

단지 가볍게 손을 흔들었을 뿐인데 보이지 않는 무형의 장력을 발출했으니 십칠 세 홍예의 수준이 어느 정도인지 가히 짐작이 갔다.

"내 이놈의 자식을 찢어 죽이겠다!"

홍예는 벌떡 일어나 살기등등하게 화운룡에게 다가갔다.

그러자 건곤쌍쾌의 건쾌가 가라앉은 목소리로 말했다.

"소저, 그를 죽이면 가주의 행방을 알아낼 수 없습니다."

침상 옆에 다가와 화운룡에게 다시 손을 쓰려던 홍예는 주춤하고는 미간을 찌푸리며 화운룡을 쏘아보았다.

＊　　　　＊　　　　＊

화운룡은 옆으로 쓰러져 있는데 입에서 쿨럭쿨럭 피를 흘리고 있으며 안색이 창백했다.

마혈이 제압되어 꼼짝도 하지 못하는 화운룡은 방금 일장에 갈비뼈가 박살 나는 고통을 맛보았다.

홍예가 사 성의 공력으로 일장을 발출했기에 망정이지 독한 마음으로 전력을 다했다면 화운룡은 오장육부가 터져서 즉사했을 것이다.

쌍둥이 동생 곤쾌가 화운룡의 상태를 살피고는 그를 눕혀놓고 가슴에 장심을 밀착시켜 부드러운 진기를 주입시켰다.

화운룡은 갈비뼈가 부러지지는 않았지만 내상을 입었는데 곤쾌가 주입한 진기가 내상을 부드럽게 감싸듯이 어느 정도 치료해 주었다.

곤쾌는 화운룡을 다시 침상에 기대어 앉히고 나서 홍예에게 말했다.

"이자는 공력이 삼십 년 정도인 하수라서 소저에게 한 번만 더 일장을 맞으면 죽을 겁니다."

그는 진기를 주입하면서 화운룡의 공력 수위를 정확하게
알아냈다.

홍예가 의자에 앉자 건쾌가 공손하게 말했다.

"이번에는 제가 해볼 테니 소저는 가만히 계십시오."

홍예는 자신이 화운룡을 심문했다가는 그를 죽일 것만 같
아서 고개를 끄떡였다.

건쾌는 조금 전 홍예가 한 질문을 조금 바꿨다.

"너에게 루주상사대를 말해주었다는 수하가 누구냐?"

화운룡은 키가 크고 늘씬하며 서글서글한 용모에다 일신에는
남자처럼 청의 장삼을 입고 한 자루 고색창연한 고검(古劍)을 메
고 있는 건쾌를 쳐다보며 조용히 대답했다.

"소진청이다."

"……."

건쾌는 움찔했고 탁자에 놓인 차를 마시려던 홍예는 흠칫
하여 화운룡을 쏘아보았다.

홍예와 건곤쌍쾌 아무도 화운룡에게 소진청이라는 이름을
말해주지 않았다.

실내에 한동안 무거운 침묵이 흐르는 동안 홍예와 건곤쌍
쾌는 저마다 복잡한 생각을 하면서 화운룡을 쏘아보았다.

이윽고 건쾌가 목이 잠겼는지 헛기침을 하고는 말했다.

"너는 소진청이라는 이름을 누구에게 들었느냐?"

화운룡은 입에서 피를 흘린 모습으로 빙그레 웃었다.

"그야 소진청에게 들었지 누구에게 들었겠느냐?"

"……."

건쾌는 또다시 할 말을 잃었다.

화운룡의 말대로라면 그는 루주상사대라는 말을 소진청이라는 수하에게 들었다는 것이다.

홍예는 총명하지만 성격이 급하고, 곤쾌는 우직하면서 충성심이 강하며, 건쾌는 노련하고 차분한 성격이다.

한 가지 어떤 예감을 감지한 건쾌는 몹시 긴장하여 조심스럽게 물었다.

"당신은 누구십니까?"

화운룡은 껄껄 웃었다.

"하하하! 수란(秀蘭)아, 네가 이제야 눈이 떠졌구나."

"아……."

건쾌 현수란(玄秀蘭)은 움찔 놀라 눈을 부릅떴다.

화운룡이 소진청의 이름을 알고 있는 것만도 놀랄 일인데 건쾌의 이름까지 정확하게 알고 있다는 것은 도대체 무엇을 의미하는 것인가.

세 사람은 그저 놀라고 멍한 얼굴로 그를 바라보면서 한동안 아무 말도 하지 못했다.

크게 놀란 홍예는 어느새 의자에서 일어나 있었다.

원래 무적검신 시절의 화운룡이 홍예와 그녀의 모친 염교교를 만나는 것은 지금으로부터 칠 년 후이며 그때는 소진청이 북경의 집에 돌아와 있었다.

그랬기 때문에 화운룡의 심부름을 하는 사람이 비웅신을 이용하기 위하여 북경 만경루에 찾아가서 '루주상사대'라는 암호를 말한다고 해도 낭패를 당하는 일은 없었다.

홍예는 성질이 급한 대신 상황 판단이 빠르다. 그녀는 여태까지와는 다른 정중한 태도로 물었다.

"당신, 내가 누군지 알고 있나요?"

화운룡은 빙그레 미소 지었다.

"소화두(小花頭)야, 네가 날 때린 걸 알면 교교가 네 볼기를 때려줄 것이다."

"아……."

홍예는 대경실색해서 나직한 탄성만 토해낼 뿐 아무 말도 하지 못하고 화운룡을 바라보았다.

홍예는 성격이 급하고 고집불통에 난폭해서 어릴 때부터 동네 남자아이들을 두들겨 패고 돌아다니는 터에 소화두라는 별명을 얻었다.

소화두란 '작고 예쁜 왈패'라는 뜻이다. 어린 나이에 그런 별명을 얻었으니 그녀가 얼마나 천방지축인지 짐작할 수 있을 것이다.

하지만 그녀의 소화두라는 별명은 가족이거나 여간 가까운 측근이 아니고는 알지 못했다.

그리고 그녀를 소화두라고 부를 수 있는 사람은 모친 염교교 정도이지 감히 아무나 그렇게 불렀다가는 그녀에게 치도곤을 당하고 말 것이다.

그런데 화운룡이 아무렇지도 않게 그녀의 별명을 부른 것으로도 모자라서 염교교라는 모친 이름 대신에 '교교'라고 아랫사람이나 친구처럼 불렀다.

그때 문득 홍예는 화운룡이 조금 전에 소진청이 자신의 수하라고 했던 말을 기억해 냈다.

"당신이 정말 내 아버지의 상전인가요?"

화운룡은 미간을 좁혔다.

"이거 곤란하구나."

홍예는 예쁜 두 눈을 깜빡였다.

"뭐가… 곤란하죠?"

화운룡은 고개를 저었다.

"내가 소진청의 상전이라고 말하면 네가 아버지의 상전을 때린 나쁜 계집아이가 돼버릴 테고, 상전이 아니라고 말하면 앞으로도 계속 네가 나를 괴롭힐 테니까 어떻게 대답해야 할지 모르겠다."

홍예는 당황해서 얼굴이 붉어졌고 건곤쌍쾌는 천방지축 그

녀가 오늘 임자를 제대로 만난 것 같아 저절로 입가에 미소
가 떠올랐다.

크게 당황한 홍예는 화운룡 앞에 서서 공손한 자세를 취하
며 얼굴은 더 공손한 표정을 지었다.

"당신이 아버지의 상전이라면 소녀가 죽을죄를 지었으므로
어떤 벌이라도 달게 받겠어요. 그러니까 부디 사실대로 말씀
해 주세요."

"소화두야, 대답을 들으려면 일단 내 마혈을 풀어주는 게
순서가 아니겠느냐?"

"아……."

홍예는 깜짝 놀라서 급히 그에게 다가가 조심스럽게 그의
마혈을 풀어주었다.

그런데 화운룡은 마혈이 풀리자마자 홍예를 덥석 잡더니
자신의 무릎에 엎드리게 해놓고는 손바닥으로 엉덩이를 냅다
두들겨 팼다.

철썩! 철썩!

"예아, 이 버릇없는 것아! 감히 내게 일장을 발출해? 엄마가
그렇게 가르치더냐?"

"아앗! 앗!"

졸지에 볼기를 흠씬 두들겨 맞는 홍예는 버둥거리며 연신
비명을 질렀다.

그녀 정도의 고수라면 충분히 화운룡에게서 빠져나올 수 있을 텐데도 그녀는 그러지 않았다.

그것은 또다시 화운룡을 노하게 만들 것이기 때문에 인내하면서 엉덩이를 고스란히 맞았다.

철썩! 철썩!

"진청과 교교를 대신해서 널 혼내주마! 아직도 잘못했다고 빌지 않는 것이냐?"

"아얏! 아야! 잘못했어요! 용서해 주세요! 엉엉!"

화운룡이 사정을 두지 않고 볼기를 수십 대나 세게 때리자 홍예는 급기야 울음을 터뜨리며 용서를 빌었다.

건곤쌍쾌는 자신들의 상전인 홍예가 볼기를 맞는데도 감히 나서지 못하고 지켜만 보았다.

아니, 건곤쌍쾌는 오히려 엷은 미소를 짓고 있다. 아버지 없이 자란 홍예가 어머니 말도 듣지 않고 하늘 높은 줄 모르며 천방지축 겁 없이 날뛰다가 오늘에서야 제대로 임자를 만났다고 생각하기 때문이다.

화운룡은 홍예가 울면서 잘못을 빌고서야 볼기 때리는 것을 멈추고 놔주었다.

이날까지 모친은 물론이고 어느 누구에게도 매 한 대 맞지 않은 홍예는 닭똥 같은 눈물을 뚝뚝 흘리면서 두 손으로 엉덩이를 쓰다듬으며 화운룡을 곱지 않은 눈으로 흘겼다.

"흑흑… 그렇게 세게 때리면 어떻게 해요? 너무 아파서 엉덩이가 떨어져 나갈 것만 같아요."

정말 홍예는 엉덩이가 퉁퉁 부어서 손을 대기만 해도 아팠다. 옷을 벗으면 엉덩이가 벌겋게 부었을 것이다.

홍예는 누구에게 맞아본 것도 처음이지만 지금처럼 아파본 것도 처음이다.

화운룡은 홍예를 보며 조용히 말했다.

"너에게 일장을 맞은 내가 아프겠느냐? 아니면 볼기를 맞은 네가 아프겠느냐?"

"……."

"나한테 일장 맞아볼래?"

홍예는 다급히 두 손을 저었다.

"괘… 괜찮아요……!"

화운룡은 침상에서 바닥으로 내려서려는데 일장을 맞은 가슴 부위가 뻐근한 것이 쪼개지는 것만 같았다.

"으음……."

곤쾌가 얼른 그를 부축했다.

화운룡은 자신을 부축해서 의자에 앉히려는 곤쾌를 보며 빙그레 웃었다.

"도범(道梵)아, 너는 아직도 매번 수란을 반 수 차이로 이기지 못하느냐?"

곤쾌 현도범과 건쾌 수란은 깜짝 놀랐다. 이들 쌍둥이 남매
는 같은 사부에게서 같은 무공을 배웠는데 둘이 비무를 하면
언제나 수란이 반 수 차이로 이겼다.

도범은 이날까지 단 한 번도 쌍둥이 누나 수란을 이겨본 적
이 없어서 그녀를 한 번만이라도 이겨보는 것이 평생의 소원
일 정도였다.

그런데 그런 사소한 것까지도 화운룡이 훤하게 알고 있으
니 입에 거품을 물고 놀랄 일이다.

"그렇습니다. 저는 지금껏 누나에게 한 번도 이겨본 적이 없
습니다."

"내게 따뜻한 차를 한 잔 주면 수란을 이길 수 있는 방법을
가르쳐 주마."

"방법이 있습니까?"

"방법이 두 개 있다."

"그게 뭡니까?"

도범은 귀를 쫑긋했고 수란은 긴장하여 화운룡을 쳐다보았
다.

"하나는 네가 아직 터득하지 못한 백호뇌격검(白虎雷擊劍) 사
초식 마지막 십이변에 대해서 내가 조언을 해주는 방법이고
또 하나는 수란의 허점을 알려주는 것이다."

"아아……."

"그… 그걸 어떻게……."

백호뇌격검은 건곤쌍쾌만이 아니라 홍예와 그녀의 모친 염교교까지 배운 가문의 성명검법이다.

그것을 화운룡이 알고 있을뿐더러 곤쾌 도범이 마지막 사초식 십이변을 아직 깨우치지 못했다는 사실까지 정확하게 알고 있으니 그야말로 혼이 달아날 지경이다.

수란이 넋 나간 얼굴로 물었다.

"설마… 백호뇌격검을 알고 계십니까?"

화운룡은 느긋하게 말했다.

"따뜻한 차를 주겠느냐?"

"아! 자, 잠깐 기다리십시오."

도범이 서둘러 차를 타러 가자 화운룡은 홍예에게 말했다.

"소화두야, 입에 피를 닦아야겠다."

"아……."

이즈음의 홍예는 화운룡이 아버지 소진청의 상전이라고 거의 믿고 있으므로 자신이 그에게 일장을 가격한 일을 크게 후회하고 또 자신의 급한 성격을 원망하고 있었다.

그녀는 급히 품속에서 비단 손수건을 꺼내 물에 적셔서 화운룡에게 공손히 내밀었다.

화운룡은 눈을 감았다.

"결자해지(結者解之)니라."

맺은 사람이 풀어야 한다. 즉, 홍예가 화운룡에게 피를 흘리게 했으므로 그녀가 닦아야 한다는 것이다.

홍예는 미안함과 죄스러운 심정으로 허리를 굽혀 자세를 낮추고는 두 손으로 조심스럽게 화운룡의 입술과 턱의 피를 꼼꼼하게 정성껏 닦았다.

그러다가 문득 홍예는 화운룡이 매우 준수하다는 사실을 깨닫고는 손을 멈추고 그를 물끄러미 바라보았다.

그녀가 보기에 화운룡은 그냥 준수한 정도가 아니라 천하에 짝을 찾아보기 어려울 정도의 절세 미남이라서 왠지 가슴이 두근거렸다.

피를 닦기 위해서 허리를 굽히고 화운룡 얼굴에 자신의 얼굴을 가깝게 한 상태에서 홍예는 손을 멈추고 말끄러미 그를 바라보았다.

그녀가 닦기를 멈추자 화운룡은 다 닦은 줄 알고 눈을 떴다가 한 뼘쯤 되는 거리에 홍예의 얼굴이 있으며 그녀가 눈도 깜빡이지 않고 자신을 빤히 주시하고 있는 모습을 보고는 어이없는 실소가 나왔다.

"뭘 하는 것이냐?"

"아!"

화운룡이 조용히 말하자 홍예는 화들짝 놀라서 뒤로 물러나다가 발이 꼬여 그대로 주저앉았다.

탁!

화운룡이 급히 손을 뻗어 그녀의 팔을 잡아당겼다.

확!

"아······."

홍예는 화운룡 덕분에 바닥에 엉덩방아를 찧는 것을 모면
했다. 그에게 볼기를 실컷 얻어맞아서 퉁퉁 부어 있는데 엉덩
방아까지 찧으면 미상불 엉덩이가 쪼개지고 말았을 터였다.

화운룡은 천천히 차를 마시고 있으며, 탁자 주위에 홍예와
건곤쌍쾌가 둘러서 있었다.

"저······."

홍예가 저돌적인 성격답지 않게 조심스레 입을 열었다.

"상공께선 누구신가요?"

"나 말인가?"

"네."

"그야 소진청의 상전이지."

홍예는 화운룡이 쉽게 대답할 것 같지 않다는 생각에 살짝
약이 올랐다.

하지만 자신이 지은 잘못 때문에 그가 아직 노여움을 풀지
않았다는 생각을 하자 그녀답지 않게 살포시 미소를 지었다.

그녀도 결코 만만한 상대가 아니라는 걸 보여주고 싶었다.

"그럼 혹시 아버지에게 집을 떠나 어떤 장소로 가라고 명령한 분이 상공이신가요?"

"그래."

"실례지만 상공의 올해 춘추가 어찌 되시는지……."

화운룡은 대수롭지 않게 대답했다.

"스무 살이야."

홍예는 걸렸다, 하는 표정을 지었다.

"아버지는 십오 년 전에 집을 떠났는데 그럼 상공께서 춘추 다섯 살 때 아버지에게 집을 떠나라고 명령하셨다는 얘기가 되는군요?"

"그런 셈이지."

그런데 화운룡은 전혀 당황하지 않고 느긋하게 고개를 끄떡이고는 차를 마셨다.

"그게 말이 된다고 생각하세요?"

"어째서 말이 안 되는 것이냐?"

홍예는 기가 막힌다는 표정을 지었다.

"어떻게 다섯 살짜리 코흘리개가 그런 명령을 내릴 수가 있다는 거죠?"

"나는 평범한 다섯 살짜리가 아니거든. 그리고 나는 다섯 살 때 코를 흘리지 않았다."

"정말……!"

홍예는 주먹을 쥐고 바들바들 떨었다. 그녀는 말로는 화운룡을 이기지 못한다는 사실을 깨달았다.

"소녀가 어떻게 해야 상공이 누구시라는 것을 말씀해 주실 건가요?"

화운룡에겐 과거였지만 모두에겐 미래인 그 시절에 무황십이신 중에 한 명인 혈영단주 설운설은 화운룡의 마누라처럼 굴었지만 홍예는 애인이나 하녀, 몸종처럼 행동했다.

홍예는 팔십사 세까지 숫총각이었던 화운룡 곁을 하루 종일 그림자처럼 따라다니면서 시중을 들었다.

그렇기에 화운룡에게 홍예는 친남매 같고 때로는 연인 같기도 한 각별한 존재였다.

"예아, 이렇게 하자."

"어떻게요?"

"네 아버지가 있는 곳을 가르쳐 줄 테니까 네가 그곳에 가서 그에게 내 말을 전해라."

홍예는 환호성을 지를 만큼 기뻤지만 애써 참았다.

"뭐라고 전할까요?"

"이제 폐관을 끝내고 집으로 돌아가서 가족과 함께 지내라고 전해라."

홍예는 십오 년 동안 돌아오지 않은 아버지가 너무도 간단하게 돌아오는 것 같아서 반신반의했다.

"그렇게만 하면 아버지가 집으로 돌아오는 건가요?"

"그래."

홍예는 똑바로 화운룡을 주시했다.

"정말이죠?"

"내 말을 믿지 못하는 것이냐?"

"장장 십오 년 동안 돌아오지 않은 아버지가 그처럼 간단하게 돌아온다는 사실이 믿어지지 않아요."

"어떻게 해야 내 말을 믿겠느냐?"

화운룡이 소진청을 만난 것은 무적검신이라는 별호를 막얻은 이십육 세 때였다.

사부 솔천사가 남긴 유시에는 무극사신공을 터득한 제자가강호에 나가면 네 개의 가문을 찾아서 수하에 두라고 했었는데 소진청은 그중 한 가문인 백호뇌가의 가주다.

천중인계는 네 개의 가문으로 이루어졌으며 다음과 같다.

청룡전가(靑龍電家).

백호뇌가(白虎雷家).

주작운가(朱雀雲家).

현무벽가(玄武霹家).

이들 네 가문을 사신천가(四神天家)라고 하며 천중인계의 주인 사신천제가 출현할 때까지 항시 만반의 준비를 갖추고 있어야 한다.

사신천가의 가주는 삼십 세가 되면 최초의 초대 가주가 천하 모처 은밀한 장소에 안배한 곳으로 혼자 찾아가서 장장 삼십 년 동안 폐관한 채 무공 연마에 전념해야 한다.

만약 그 전에 사신천가의 주군인 사신천제가 출현하여 출관을 명령한다면 삼십 년 폐관을 채우지 않고서도 은거 장소에서 나올 수가 있다.

예전 무적검신이었던 시절의 화운룡은 이십육 세 때 사신천가 가주들에게 자신의 출현을 알렸는데 그 당시 홍예의 부친 소진청은 이십일 년째 폐관하고 있는 중이었다.

그런데 지금 홍예가 부친이 있는 곳으로 찾아가서 화운룡의 말을 전한다면 그는 십오 년 만에 출관하는 것이다.

홍예는 진심 어린 표정을 지었다.

"소녀를 믿게 해보세요."

화운룡의 생각으로도 홍예와 건곤쌍쾌가 이런 사실들을 믿기에는 몇 마디 말로는 부족한 것 같았다.

만약 화운룡에게 옥봉이라는 여자가 없었더라면 그는 홍예하고 부부가 됐을지도 모른다.

第十章
홍검파

화운룡은 부드러운 미소를 지었다.

"예아, 나는 너를 너 자신보다 더 잘 알고 있다."

홍예는 입술을 삐죽거렸다.

"흥! 말도 안 되는 소리 하지 마세요. 우리는 오늘 처음 만났는데 어떻게 당신이 저보다 저를 더 잘 알겠어요?"

"사실이다."

홍예는 잠시 생각하다가 툭 던지듯이 요구했다.

"그렇다면 아무도 모르는 소녀의 비밀을 말해보세요."

화운룡은 수란과 도범을 쳐다보았다.

"말해도 괜찮겠느냐?"

홍예는 화운룡이 그런 비밀 따위를 알고 있을 리가 없다고 믿기에 자신만만했다.

"상관없어요."

"너 왼쪽 가슴에 점 있다."

화운룡이 불쑥 치고 들어오자 홍예는 움찔 놀라서 얼른 손으로 자신의 왼쪽 가슴을 덮었다.

"……."

"가슴 바로 아래에."

홍예의 눈이 화등잔처럼 커졌다. 그녀의 왼쪽 가슴 아래에 정말로 새카만 점 하나가 있다.

"당신이 그걸 어떻게……."

화운룡은 빙글빙글 웃었다.

"그리고 왼쪽 엉덩이에도 점이 있지."

"……."

"정확하게 어느 위치냐 하면……."

"그, 그만하세요!"

홍예는 급히 달려들면서 손으로 화운룡의 입을 막았다. 그것은 정말 비밀이라서 점이 있는 부위를 말하면 듣는 사람들이 상상력을 발휘하게 될 것이다.

화운룡은 의자와 함께 뒤로 넘어지지 않으려고 급히 손을 뻗어 홍예를 잡았다. 그 덕분에 쓰러지지는 않았지만 그녀가 그를 마주 보는 자세로 앉게 되었다.

홍예는 그의 귀에 대고 속삭였다.

"그걸 어떻게 알았죠?"

그녀는 너무 놀라고 당황한 나머지 자신이 화운룡의 허벅지에 앉았다는 사실을 인식하지 못했다.

화운룡이 말한 대로 그녀는 정말 왼쪽 가슴과 왼쪽 엉덩이에 뚜렷한 점이 있다. 특히 엉덩이의 점은 그녀 자신만이 알고 있었을 뿐이다.

그런데 그것을 생전 처음 보는 화운룡이 알고 있으니 정말 기절할 노릇이었다.

누군가, 더구나 남자가 그런 사실을 안다는 것은 두 가지 경우에만 가능한 일이다. 그 남자가 홍예와 동침을 했어도 아주 오래된 사이거나 같이 목욕을 했어야만 있을 수 있는 일인데, 홍예는 화운룡과 절대로 동침을 한 적이 없으며 오늘 처음 만난 그와 같이 목욕은 더더욱 한 적이 없다.

홍예는 화운룡이 대답을 할 수 있도록 입을 막은 손을 떼고 대신 귀를 바싹 가깝게 댔다.

"내가 직접 봤다."

홍예는 아무도 듣지 못하게 화운룡의 입에 귀를 대고 있지만 그걸 듣지 못할 수란과 도범이 아니다.

"어떻게 봤다는 거죠?"

"봤으니까 본 거지."

홍예는 화운룡의 입에서 귀를 떼고는 두 손으로 그의 어깨를 잡고 정면으로 쏘아보았다.

"말이 안 된다는 거 알죠?"

"말이 된다."

가슴의 점은 그렇다 쳐도 엉덩이에 있는 점을 화운룡이 봤다는 것은 말이 되지 않았다.

"나더러 그 말을 믿으라는 건가요?"

화운룡은 빙그레 미소 지으며 홍예의 머리를 쓰다듬었다.

"예야, 우린 같이 살았단다."

홍예는 너무 황당해서 화운룡이 자신의 머리를 쓰다듬는지도 알지 못했다.

"정말 끝까지 저를 약 올릴 건가요?"

수란과 도범은 평소에 남자를 거지발싸개처럼 여기는 홍예가 화운룡 허벅지에 마주 보는 자세로 앉은 것으로도 모자라서 그가 머리를 쓰다듬는데도 발작하지 않는 걸 보고 어이없는 표정을 지었다.

화운룡이 아홉 달 전 무황성에서 마지막으로 식사를 할 때 그의 옆에 앉아서 같이 식사를 하며 시중을 들어주었던 홍예는 팔십일 세 할망구였다.

그런데 십칠 세 파릇파릇한 그녀를 보게 되니까 감회가 깊고 반갑기 그지없는 마음이었다.

화운룡은 홍예를 부드럽게 꼭 안았다.

"예아, 정말 반갑구나."

홍예는 그에게 안겨서 어리둥절한 기분이지만 그를 뿌리치지 않았고 벗어나려고도 하지 않았다.

그런데 기분이 아주 묘했다. 매우 따스하고 포근하며 마치 수십 년 동안 같이 산 남편에게 안긴 느낌이었다.

이제 겨우 십칠 세인 자신이 화운룡을 수십 년 동안 살을 맞대고 같이 산 남편인 양 느껴진다는 것이 말이 되지 않는 일인데도, 지금 이 순간의 홍예는 어떤 강력한 최면에 걸린 것처럼 그게 기정사실처럼 여겨졌다.

그래서 자신의 가슴과 엉덩이에 점이 있다는 사실을 화운룡이 알고 있는 것이 조금도 이상하게 생각되지 않았다.

그런데 홍예는 갑자기 눈물이 나기 시작했다.

어째서 느닷없이 눈물이 나는 것인지 이유를 모르지만 알고 싶지도 않았다.

다만 화운룡을 다시 만난 것이 너무 반갑고 행복해서 지금 당장 죽는다고 해도 여한이 없을 것 같았다.

참으로 이상한 일이 일어났다.

화운룡에게 한번 안기고 난 홍예는 그에 대한 생각이 완전히 변해 버렸다.

　안기기 전에는 그가 오늘 처음 만난 낯선 남자였는데 안기고 난 이후에는 그가 부모보다도 더 친밀한 존재가 됐다.

　자신이 어째서 한순간에 갑자기 변한 것인지 설명할 수는 없지만 화운룡이 그녀를 가슴에 꼭 안아준 것이 기폭제가 된 것이 분명했다.

　더구나 더 놀라운 것은 홍예가 자신의 그런 변화에 대해서 전혀 놀라지 않았으며 외려 지극히 당연하게 받아들였다는 사실이다. 그러므로 그녀가 아까 화운룡에게 했던 '소녀를 믿게 해보세요'라는 말은 더 이상 소용이 없게 돼버렸다.

　홍예는 여전히 그의 허벅지에 앉아서 흘러내린 그의 머리카락을 다정하게 쓸어 올렸다.

　"아버지를 집으로 보낸 후에 당신에게 갈게요."

　그녀는 눈에서 꿀이 뚝뚝 떨어지는 것 같은 눈빛으로 화운룡을 그윽하게 바라보며 뺨을 쓰다듬었다.

　"세상에… 이렇게 잘생기고 젊은 당신을 보는 것이 얼마 만인지 모르겠군요."

　화운룡이 이십칠 세, 홍예가 이십사 세에 만나서 오십칠 년 동안 찰떡처럼 붙어살며 늙어갔으니 서로의 젊은 시절 모습이 가물가물했을 것이다.

화운룡은 그 나름대로 지금 이 상황이 적잖이 놀라웠다.

그로서는 홍예를 한 차례 깊이 안아준 것뿐인데 그녀가 완전히 돌변해 버렸다.

지금 그와 마주 보고 허벅지에 앉아 있는 홍예는 겉모습이 십칠 세지만 속은 팔십일 세 할망구로 변했다.

두 사람이 같이 살아온 세월의 모든 것이 한 번의 포옹으로 그녀에게 고스란히 전해진 것이다.

"예아, 내가 누구지?"

홍예는 환한 미소를 지었다.

"무황성의 성주이며 천하제일인 십절무황 화운룡이죠."

수란과 도범은 이게 도대체 무슨 영문인지 몰라 머릿속이 진흙탕처럼 변했다.

더구나 자신들에게 납치된 데다 조금 전에 홍예에게 일장까지 얻어맞은 약해빠진 사람이 천하제일인이라니, 도대체 무슨 말을 하는 것인지 이해할 수가 없었다.

홍예는 손가락으로 화운룡의 코를 살짝 잡고 흔들었다.

"당신은 내가 좋아하는 호칭으로는 불러주지 않는군요. 잊어버린 건가요?"

화운룡은 빙그레 미소 지었다.

"홍검파(紅臉婆)."

예전에는 잘 부르지 않았던 호칭이지만 다시 만난 홍예에겐 기꺼이 불러주었다.

홍예는 흐뭇하게 미소 짓더니 고개를 숙여 화운룡 입술에
살짝 입맞춤을 했다.

"착한 용랑(龍郎)."

화운룡은 홍예가 정말 화운룡과 오십칠 년 동안 같이 산
팔십일 세 할망구의 마음을 갖게 되었는지 시험해 보지 않아
도 될 것 같았다.

홍예는 마누라를 뜻하는 황검파(黃臉婆)에서 '황'을 자신의
이름 홍예의 '홍'으로 바꿔서 '홍검파'라고 제멋대로 짓고는 하
루 종일 화운룡을 졸졸 따라다니면서 '홍검파'라고 불러달라
고 떼를 썼었다.

그래서 화운룡은 기분이 좋을 때나 홍예를 칭찬할 때 상을
주는 기분으로 '홍검파'라고 불러주었다.

또한 홍예는 일방적으로 화운룡을 죽도록 사랑했기 때문에
그에 대한 호칭을 아내나 연인이 사내를 부르는 '랑(郎)'을 붙
여서 '용랑'이라고 불렀었다.

건곤쌍쾌 수란과 도범은 갑자기 돌변해서 제 스스로 화운
룡에게 거머리처럼 찰싹 붙어버린 홍예 때문에 크게 놀라서
말을 잃고 그녀와 화운룡을 멀뚱히 쳐다보기만 했다.

거리를 걷다가 남자가 옷깃만 스쳐도 노발대발 펄펄 뛰는
홍예가 화운룡하고는 마치 수십 년 동안 부부로 산 사람처럼

대하고 있으니, 놀라는 것도 놀라는 것이지만 도무지 이해를
할 수 없었다.

예리한 수란이 보기에 화운룡이 홍예를 깊이 안아준 이후
에 그녀가 돌변한 것 같았다.

"수란, 이리 와라."

그런데 화운룡이 홍예를 떼어내면서 자신을 부르자 수란은
화들짝 놀랐다. 수란이 주춤거리면서 가까이 다가오자 화운
룡은 자신의 허벅지를 가리켰다.

"너도 예아처럼 해봐라."

수란은 움찔 놀랐지만 그의 말뜻을 즉시 알아차렸다. 화운
룡에게 안겼던 홍예가 갑자기 달라진 것처럼 수란에게도 해보
겠다는 뜻이다.

수란은 머뭇거렸다. 화운룡의 의도를 알겠지만 이날까지 남
자라고는 쌍둥이 남동생밖에 모르는 터라서 화운룡의 말 한
마디에 즉시 따르지 못했다.

과거이면서도 미래인 그 시절에 홍예가 최초로 화운룡을
만난 이후 수란과 도범은 화운룡을 주군으로 모시면서 평생
그와 홍예 곁을 지켰다. 그랬기 때문에 하루도 화운룡을 보지
않은 날이 없었다.

사실 수란도 홍예처럼 평생 혼인하지 않고 살면서 남몰래
화운룡을 사모했다. 하지만 화운룡이 너무도 엄청난 신분이기

에 그녀는 자신의 속마음을 아무에게도 말한 적이 없으며 평생 화운룡을 짝사랑만 했었다.

그런 사실을 알 리 없는 수란은 그저 단순한 부끄러움에 머뭇거리면서 얼굴을 붉혔다.

슥─

"괜찮다. 앉아봐라."

"앗!"

그러자 화운룡이 수란의 팔을 잡아 끌어당겨 강제로 자신의 허벅지에 앉히자 그녀는 화들짝 놀랐다. 수란이 놀랄 새도 없이 화운룡은 두 손으로 그녀를 안고 바싹 끌어당겼다.

"아아……."

수란은 너무도 놀라고 당황해서 온몸의 피가 얼굴로 쏠린 것처럼 붉어졌고 금방이라도 얼굴이 터질 것만 같았다.

홍예와 도범은 화운룡이 왜 그러는지 짐작하고 긴장된 표정으로 지켜보았다.

화운룡은 수란을 더욱 가깝게 끌어당겨서 그녀의 등과 뒷머리를 안고 가슴에 깊이 안았다. 수란은 심장이 너무 빠르고도 크게 뛰어서 그녀의 귀에 들릴 정도다.

화운룡은 아까 홍예를 안았을 때와 같은 심정이 되었다.

"란아, 오랜만이구나."

"아……."

수란은 그저 머릿속이 먹먹해서 아무 생각도 나지 않았다.
화운룡의 커다란 손이 그녀의 등을 부드럽게 쓰다듬었다.

"……"

그러던 어느 한순간 수란은 두 눈에 눈물이 가득 고였다.

그리고는 화운룡보다 더 세게 그를 끌어안으면서 그의 얼굴을 가슴에 묻었다.

"주군… 아아… 주군……"

그 모습을 보면서 홍예는 빙그레 미소를 지었고 도범은 소스라치게 놀랐다.

화운룡은 도범도 홍예와 수란이 했던 것처럼 똑같은 자세로 안아봤지만 효과를 거두지 못했다.

남자끼리 민망한 자세를 하고 이렇게도 저렇게도 몇몇 방법들을 시도했으나 끝내 도범은 홍예나 수란처럼 되지 않았는데 이유를 모를 일이다.

하긴 한 번의 포옹으로 홍예와 수란을 변화시킨 것을 이해하지 못하는 상황인데 무엇인들 이해가 되겠는가.

*   *   *

화운룡의 실종으로 운룡재는 발칵 뒤집혔다.

그가 자다가 침상에서 감쪽같이 사라졌기 때문에 옥봉과 사유란, 그리고 옆 침상에서 자고 있던 보진과 옆방에서 자던 창천의 놀라움과 절망은 이루 말할 수 없을 정도였다.

화운룡은 잠옷을 입은 상태에서 사라졌다. 그의 평상복과 신발, 검 같은 것들이 그대로 있다는 것은 그가 납치됐음을 증명하고 있다.

장하문은 침상과 운룡재 주변을 이 잡듯이 살폈지만 아무런 흔적도 발견하지 못했다. 옥봉과 사유란은 넋 나간 사람처럼 안색이 창백해져서 화운룡이 실종됐다는 사실을 깨달은 이후 줄곧 울고만 있었다.

귀재 소리를 듣는 장하문이지만 지금 같은 상황에서는 속수무책이었다.

화운룡이 자고 있던 침상에서 두 자도 떨어지지 않은 거리에서 자던 보진의 이목마저 감쪽같이 속일 정도면 그를 납치한 자는 초절정고수라는 뜻이다.

그래서 장하문도 화운룡과 비슷한 추리를 거쳐서 천외신계가 그를 납치했을 가능성이 크다는 결론을 내렸다.

장하문은 자리를 비울 수 없기 때문에 창천을 숭무문에 보내 은밀하게 살펴보라고 지시했다.

숭무문은 당평원을 감시하다가 만공상판 원종에게 제압된 북칠이팔이 총교두로 있는 문파다. 그리고 숭무문은 사해검문이 결성되면서 합쳐진 이십삼 개 방파와 문파들 중에 하나이며 이미 오래전에 천외신계에게 장악되었다.

장하문은 비룡은월문의 정보 수집 조직인 천지당 내당과 외당을 총동원하여 태주현을 중심으로 일대의 모든 흔적을 찾아내라고 지시했다. 화운룡을 납치한 자가 비룡은월문으로 오거나 떠나는 과정에 남겼을지도 모르는 흔적이라도 찾아낸다면 거기에서부터 추적하겠다는 생각이다.

천지당의 전신은 하오문이다. 하오문의 특기는 뭔가를 찾아내고 알아내는 것이다.

천지당은 장하문의 명령이 떨어지자 태주현과 인근의 주루, 기루, 객잔 등 모든 가게와 점포를 샅샅이 수색했으며, 동시에 건달패와 거지패들을 풀어서 수상한 자가 들어왔거나 나갔는지, 외부인이 어디에 들러서 식사를 하거나 물건을 샀거나 이동을 했는지에 대해서 알아내도록 했다.

*　　　　*　　　　*

홍예는 잠시 동안의 이별을 슬퍼하며 화운룡에게 안겼다.

"최대한 빨리 올 거예요."

화운룡은 천중인계 네 개의 가문 사신천가를 발동하지 않을 생각이다.

화운룡이 천외신계로부터 중원천하를 지키려는 확고한 의지가 있을 때 사신천가를 발동해야 하는데 지금 그에겐 그럴 생각이 추호도 없었다.

그렇지만 홍예가 개인적으로 화운룡을 찾아오는 것까지 막을 생각은 없다. 그녀가 오면 건곤쌍쾌 수란과 도범도 올 테니까 비룡은월문에 도움이 될 것이다.

홍예가 화운룡의 품에서 벗어나자 수란이 쭈뼛거리며 그를 바라보았다.

"주군."

그녀도 작별 인사로 화운룡에게 안기고 싶지만 홍예하고는 다른 입장이라서 그러지 못하고 있다.

홍예는 오십칠 년 동안 화운룡의 연인이나 몸종처럼 살았기에 목욕 시중까지 들었던 터라서 거리낄 것이 없지만 수란은 같은 오십칠 년 동안 짝사랑하는 화운룡을 곁에서 지켜보기만 했다.

"이리 와라, 란아."

화운룡이 두 팔을 벌리자 수란은 기쁜 표정으로 얼른 그에게 안겨서 수줍게 속삭였다.

"저도 오고 싶어요."

그녀와 도범은 홍예의 호위고수라서 그녀가 가는 곳이면 어디라도 따라가지만 화운룡이 허락을 하지 않으면 이곳에 오지 못한다고 생각했다.

"예아하고 같이 와라."

"알았어요."

도범으로서는 귀신에 홀린 기분이다. 처음에는 홍예와 수란, 도범 세 명 똑같이 화운룡이 누군지도 몰랐는데 그가 홍예와 수란을 한 번씩 안고 나니까 상황이 급변했다.

홍예와 수란의 말을 들어보면 그녀들은 장장 오십칠 년 동안 화운룡과 같이 살았다는 것이다.

믿을 수 없게도 단 한 번의 포옹으로 두 여자는 그 사실을 깨닫게 되었다. 화운룡이 그녀들에게 이상한 사술을 걸어서 없던 사실을 주입시킨 것 같지는 않았다. 세 사람의 대화 중에서 도범이 알 수 있을 만한 내용들이 더러 포함되었기 때문이다.

홍예는 화운룡을 곱게 흘겼다.

"용랑 당신이 어째서 스무 살로 돌아왔는지에 대한 설명을 아직 듣지 못했어요. 소녀가 다시 오면 꼭 설명해 주셔야 해요. 알았죠?"

"알았다."

"그리고 소녀가 좋아하는 호칭을 한번 불러주세요."

화운룡은 빙그레 미소 지으며 홍예의 엉덩이를 가볍게 때렸다.

철썩!

"홍검파야, 조심해서 갔다가 오너라."

홍예는 두 손으로 엉덩이를 쓰다듬으며 얼굴을 찡그렸다.

"아프다고요."

도범이 앞서고 홍예와 수란, 그리고 청의 경장으로 갈아입
은 화운룡이 그들이 있던 객점 입구로 나섰다.

"위험합니다."

그런데 앞서 입구를 나간 도범이 걸음을 멈추고 뒷걸음질
치면서 나직하게 말했다. 뒤따르던 홍예와 수란이 즉시 양쪽
에서 화운룡을 호위하며 재빨리 주위를 살폈다.

객점 앞은 거리이며 그 너머에는 크고 작은 많은 배들이 정
박해 있거나 드나들고 있는 포구다.

그런데 지금 거리에는 지나는 행인이 한 명도 없으며 객점
을 중심으로 백여 명의 무사가 객점과 오 장 이상의 거리를
두고 반원형의 포위지세를 형성한 채 객점 입구를 향해 화살
을 겨누고 있었다.

화운룡은 무사들을 보는 순간 입가에 미소가 떠올랐다.

무사들 속에 아는 얼굴들이 많이 보였다.

장하문과 보진을 비롯한 십룡위, 그리고 비룡검대와 해룡
검대, 진검대까지 비룡은월문의 정예라고 할 수 있는 무사들
이 총동원됐다.

저들이 어떻게 여기를 찾아내서 화운룡을 구하겠다고 자기들 딴에는 만반의 준비를 하고 있는 것인지 기특했다.

도범이 어깨의 검을 잡았다.

"제가 처리할 테니까 안에 들어가 계십시오."

"그럴 필요 없다."

화운룡이 조용히 말하면서 앞으로 나서자 홍예와 수란은 깜짝 놀라 그의 양옆에 바싹 붙어서 따랐다.

화운룡은 거리를 가로질러 천천히 앞으로 걸어갔다.

"주군!"

"주군이시다!"

화운룡을 발견한 장하문과 보진, 십룡위 등이 반갑게 외쳤다.

화운룡은 그들을 보자 감회가 새로웠다. 그가 십절무황 시절에 거느리던 초절고수 무황십이신이나 날고 기는 절정고수들은 아니지만, 한낱 시골의 실력 없는 무사들인 이들이 오늘따라 무척이나 정겹게 여겨졌다.

비룡은월문 무사들이 얼굴 가득 반갑고 기쁜 표정을 지으면서 겨누고 있던 회천궁을 거두었다.

홍예가 화운룡을 따르면서 작게 감탄했다.

"용랑 수하들인가요? 여길 찾아내다니 제법인데요?"

홍예 일행은 전문적으로 납치나 암살 따위를 일삼는 사람들이 아니라서 여기저기에 작은 흔적들을 남겼다.

그녀들은 비룡은월문에 잠입하여 화운룡을 납치하는 일에만 극도로 조심을 했지 그것 외에는 여기저기 크고 작은 흔적을 흘리고 다녔기에 비룡은월문 천지당의 촉각에 걸려들 수밖에 없었다.

천지당 수하들은 화운룡을 납치한 자들이 일남 이녀 세 명이며 아직 이 객점 이 층에 투숙 중이라는 사실을 확인하고는 장하문에게 전서구로 그 사실을 알렸다.

장하문은 비룡은월문의 최정예라고 할 수 있는 십룡위와 비룡, 해룡, 진검대 전원을 이끌고 전력으로 달려와서 객점 입구에 포진했다.

하지만 객점 안으로 들이닥칠 만한 고수가 장하문과 보진 뿐이며 둘로서는 여의치 않을 것 같아서 넓은 곳에서 회천탄으로 급습을 가하는 것이 효과적일 것이라고 판단했다.

장하문 이하 십룡위와 전 수하들이 일제히 깊숙이 허리를 굽히며 화운룡에게 예를 취했다.

"주군을 뵈옵니다!"

홍예와 수란이 화운룡을 쳐다보자 그는 흐뭇한 미소를 짓고 있었다.

홍예와 수란은 화운룡의 그런 모습을 무황성에서도 본 적이 없었다.

이들 오합지졸처럼 보이는 일개 무사들의 인사를 받고 화운룡이 흡족해하는 모습이 홍예와 수란은 낯설게 보였다.

그렇지만 화운룡이 왜 흐뭇한 표정을 짓는 것인지 조금쯤은 알 것 같았다.

홍예는 수란의 팔을 잡고 걸음을 멈추게 했다.

화운룡이 그의 수하들과 짧은 이별에 대한 재회를 느낄 수 있도록 배려하려는 것이다.

화운룡은 허리를 굽히고 있는 수하, 아니, 가족들을 향해 미소를 지으며 천천히 걸어갔다.

펄럭……

그때 모두의 머리 위에서 아주 흐릿하게 옷자락 나부끼는 소리가 흘렀다.

화운룡보다 더 빨리 홍예와 수란, 도범, 그리고 장하문과 보진이 위를 쳐다보다가 흠칫 안색이 변했다.

열 개의 시커먼 인영이 흡사 검고 커다란 까마귀들처럼 날아 내리고 있었다. 그것들은 열 명의 흑의인이며 모두 기이한 모양의 도인지 검인지 모를 무기를 지녔다.

그들 중에 세 명은 홍예와 수란, 도범에게 내리꽂히고, 다섯 명은 장하문과 십룡위 등을 향해 비스듬히 날아가고, 두 명이 수직으로 화운룡을 향해 쏘아 내렸다.

객점 지붕에서 뛰어내린 것 같은데 지붕에서 지상까지 삼

장도 채 안 되는 거리의 절반 이상을 좁혀들고 있었다.

반응이 늦은 화운룡은 홍예나 수란보다 한발 늦게 흑의인들을 발견했다.

그는 흑의인들을 보는 즉시 그들이 천외신계 고수이며, 일전에 제압했던 북칠이팔과 같은 수준, 즉 녹성고수일 것이라고 판단했다. 또한 그들이 자신을 납치하거나 죽이려는 목적일 것이라고 직감했다.

하지만 삼십 년 공력의 화운룡은 검도 지니고 있지 않기 때문에 대처할 방법이 없었다. 더구나 녹성고수들은 이미 머리위에 도달해 있었다.

홍예와 수란, 도범은 화운룡과 반 장 거리 내에 있었지만흑의인 세 명이 자신들을 향해 공격해 오고 있기 때문에 화운룡을 도울 수가 없는 형편이다.

장하문과 보진은 길 건너 화운룡으로부터 삼 장 거리에 있기 때문에 반응이 더 늦을 수밖에 없었다.

쉬카아악!

또한 흑의인들이 도처럼 넓으면서도 검처럼 길고, 그런데도양쪽에 칼날이 있는 기형 무기로 전개하는 초식은 괴이하고도 악랄했다.

그들이 무기를 휘두르자 검기도 검풍도 아닌 갈지자의 새카만 물체가 길게 포물선을 그으며 홍예와 수란, 도범, 그리고 장하문과 보진 등을 휘몰아쳐 갔다.

타앗!

순간 홍예와 수란, 도범은 두 발로 땅을 박차고 솟구쳐서 흑의인들을 마주쳐 나가며 어깨의 검을 뽑았다.

장하문은 자신들을 향해 덮쳐오는 다섯 명의 흑의인을 가리키며 급히 명령했다.

"발사!"

회천궁에 무령강전을 먹인 상태인 십룡위와 비룡, 해룡, 진검대원 백여 명은 일제히 흑의인들을 향해 무령강전을 한꺼번에 발출했다.

투아앙!

허공을 새카맣게 소나기처럼 쏘아 가는 무령강전을 뒤이어서 장하문과 보진이 힘껏 두 발로 땅을 박차고 화운룡을 향해 쏘아 갔다.

백여 발의 무령강전이 다섯 명의 흑의인 온몸에 무자비하게 쑤셔 박혔다.

퍼퍼퍼퍼퍽!

그들은 고슴도치가 되어 추락했다.

무기를 지니고 있지 않은 화운룡은 어떻게 대처할 방법도 없이 양쪽 팔을 두 명의 흑의인에게 잡혔다.

두 흑의인은 그를 잡자마자 다시 수직으로 솟구쳐 올랐다.

그들은 화운룡을 죽이는 것이 아니라 납치하는 것이 목적인 것 같았다.

그들이 팔을 얼마나 거세게 움켜잡았는지 화운룡은 팔이 찢어지는 것 같은 고통을 느꼈다.

두 흑의인들은 화운룡의 혈도를 제압할 겨를이 없기에 그가 팔을 사용하지 못하도록 힘껏 움켜잡은 것이다.

솟구쳐 오르는 짧은 순간에 화운룡은 그들의 그런 행동이 자신을 매우 얕잡아봤기 때문에 가능하다는 생각이 들었다.

천외신계 녹성고수들이 이처럼 무방비로 화운룡을 대한다는 것은 그의 신분이 비룡은월문 문주라고 생각하고 있기에 가능한 일이다.

만약 그가 천중인계 사신천가의 주인인 사신천제라고 생각했다면 이런 식으로 행동하지는 않았을 것이다.

어쨌든 양팔이 거세게 붙잡힌 화운룡으로서는 어떻게 해볼 재간이 없는 입장이었다.

꽈르릉!

퍼퍼퍽!

화운룡을 잡은 두 흑의인이 객점 지붕에 거의 이르렀을 무렵에 아래쪽에서 홍예와 수란, 도범이 자신들을 공격하던 세 명의 흑의인들 몸을 쪼개면서 계속 솟구쳐 올랐다.

홍예 등이 어떤 검초식을 전개했는지 검법이 전개되자 천공에서 벼락이 치는 굉음이 터지면서 세 명의 흑의인들 몸은 산산조각 나서 흩어졌다.

녹성고수들은 실수를 저질렀다. 열 명 정도면 화운룡을 여유 있게 납치할 것이라고 계산했던 모양이다.

설마 화운룡 근처에 사신천가 중에 하나인 백호뇌가의 고수가 세 명이나 있을 줄은 몰랐을 것이다.

탓……

두 명의 녹성고수는 발끝으로 지붕을 한 번 가볍게 찍고는 한 번 더 솟구치며 객점 뒤쪽으로 날아갔다.

"이것들이 감히 용랑을 납치해?"

순간 그들의 머리 위에서 쩌렁한 호통 소리가 터졌다.

지상에서의 단 한 번의 도약으로 어느새 자신들을 공격하던 세 명의 녹성고수들을 죽이고 뒤이어서 화운룡을 납치한 녹성고수들 머리 위까지 도약한 홍예와 수란, 도범이 유성처럼 하강하며 검을 그어댔다.

쉬이잉—

백호뇌격검이다.

녹성고수들은 위를 쳐다보던 중에 정수리가 쪼개졌다.

파곽!

정수리에서 코까지 세로로 수박이 갈라지듯 쪼개진 두 명의 녹성고수의 몸이 기우뚱할 때 홍예가 사뿐히 내려서며 화운룡의 양팔을 잡은 그들의 손을 떼어냈다.

"용랑, 놀라셨죠?"

화운룡은 빙그레 웃었다.

"고맙다, 홍검파야."

홍예는 그를 살짝 안고 뺨에 입을 맞추고 나서 지붕에 쓰러져 죽어 있는 녹성고수를 굽어보았다.

"이놈들은 누군가요?"

"천외신계다."

"네에?"

홍예만이 아니라 수란과 도범도 크게 놀랐다.

홍예가 긴장된 얼굴로 물었다.

"사신출동(四神出動)인가요?"

화운룡은 고개를 가로저었다.

"아니다."

천외신계가 출현하면 사신천가가 출동하는 것이 당연하기에 홍예는 의아한 표정을 지었다.

"어째서……."

그때 장하문과 보진이 지붕에 내려서 빠르게 다가왔다.

"주군!"

장하문과 보진, 그리고 홍예와 수란, 도범은 상대를 날카롭게 주시하며 살펴보았다.

화운룡은 홍예에게 고개를 끄떡였다.

"가라."

홍예와 수란, 도범은 나란히 서서 화운룡에게 공손히 포권을 하고 허리를 굽히고는 훌쩍 허공으로 신형을 날려 순식간에 아스라이 사라져 갔다.

장하문과 보진은 그 광경을 보고는 크게 놀랐다. 경공으로 봐서는 그들이 자신들보다 한 수 위의 고수가 분명했다.

더구나 그들은 자신들을 공격하던 녹성고수 세 명을 죽이고 나서 그들을 앞질러 두 명을 더 죽이고 간단하게 화운룡을 구하기까지 했다.

만약 그들 세 명이 아니었다면 장하문과 보진으로서는 화운룡을 구할 수 있다고 장담하지 못할 것이다.

장하문은 홍예 등이 사라진 방향을 보면서 중얼거렸다.

"주군, 그들은 누굽니까?"

화운룡은 홍예 등이 사라진 곳에서 시선을 거두고 거리 쪽 지붕 끝으로 걸어갔다.

"돌아가서 얘기해 주겠네."

화운룡과 장하문을 비롯한 비룡은월문 무사들이 떠난 후에 멀찍이에서 구경하던 구경꾼들이 뿔뿔이 흩어졌다.

그들 중에 한 명이 조금 전까지 화운룡이 있던 객점 지붕을 묵묵히 응시하고 있었다.

평범한 경장 차림에 무기를 지니지 않았으며 짧은 수염을 기른 사십 대 초반의 사내는 날카로운 눈빛으로 아주 작게 중얼거렸다.

"화운룡, 뭔가 있는 놈이었군."

사실 사내는 조금 전에 화운룡을 납치하려고 했던 녹성고수들의 우두머리다.

그의 목 뒤에는 두 개의 녹성문이 있다. 그걸 천외신계에서는 양녹성고수(兩綠星高手)라고 하며 백 명의 녹성고수들을 거느린다.

그는 굳이 자신까지 나서지 않아도 화운룡을 충분히 납치할 것이라고 생각했다.

그런데 오산이었다. 그가 조금 전에 본 화운룡의 모습은 절대로 비룡은월문 문주가 아니었다.

『와룡봉추』 6권에 계속…

초대형 24시 만화방

신간 100%, 샤워실, 흡연실, 수면실(침대석), 커플석, 세탁기 완비

▪ 광명 광명사거리역점 ▪

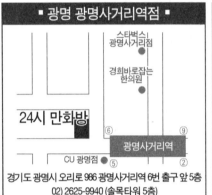

경기도 광명시 오리로 986 광명사거리역 6번 출구 앞 5층
02) 2625-9940 (솔목타워 5층)

▪ 강북 노원역점 ▪

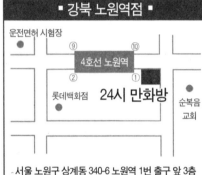

서울 노원구 상계동 340-6 노원역 1번 출구 앞 3층
02) 951-8324 (화용빌딩 3층)

▪ 일산 정발산역점 ▪

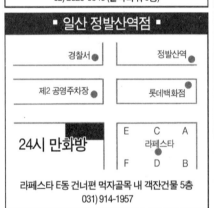

라페스타 E동 건너편 먹자골목 내 객잔건물 5층
031) 914-1957

▪ 일산 화정역점 ▪

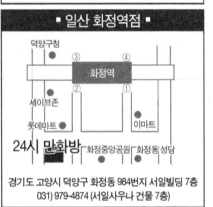

경기도 고양시 덕양구 화정동 984번지 서일빌딩 7층
031) 979-4874 (서일사우나 건물 7층)

▪ 부천 역곡역점 ▪

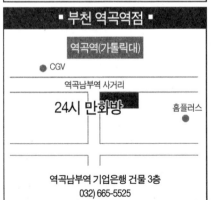

역곡남부역 기업은행 건물 3층
032) 665-5525

▪ 부평역점 ▪

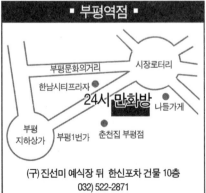

(구) 진선미 예식장 뒤 한신포차 건물 10층
032) 522-2871